दो दूनी चार

(प्रेरक बाल कहानियां)

दो दूनी चार

(प्रेरक बाल कहानियां)

विमला रस्तोगी

ISBN : **9798888337349**

पुस्तक- दो दूनी चार (प्रेरक बाल कहानियां)

लेखिका- विमला रस्तोगी

प्रथम संस्करण- अक्टूबर-2022

मूल्य- बैक आवरण पर मुद्रित है

प्रकाशक/वितरक-

एक्सप्रेसपब्लिशिंग,

नम्बर-8, 3-क्रासस्ट्रीट,

तमिलनाडु 600004 (मद्रास)

publish@notionpress.com

Phone : +91 44 46315631

समर्पण

अपनी प्रिय दोनों नातिनों प्रणवी रस्तोगी और वंदिता रस्तोगी को।
दोनों ही मेरे दिल के बहुत करीब हैं। आजकल अपने मम्मी पापा
के साथ इंग्लैंड में रहती हैं।

—विमला रस्तोगी

दो दूनी चार – 6 – विमला रस्तोगी

भूमिका

बचपन में बालक के कोरे कागज सरीखे हृदय पर जैसे संस्कार रोपित कर दिए जाते हैं उनका असर पूरी उम्र उनपर रहता है। चूंकि सुसंस्कारित बालक ही देश के भावी कर्णधार होते हैं। अतः पुराने जमाने में जब संयुक्त परिवार हुआ करते थे। घर के बुजुर्ग जैसे दादी-बाबा, नानी-नाना आदि बच्चे के सोने से पूर्व उनको अपने पूर्वजों के देश भक्ति परक किस्से-कहानियाँ सुनाकर रामचरित मानस के दोहे-चौपाई सुनाकर और लोरियाँ सुनाकर सहज ही में उनके हृदय पर सुसंस्कारों को रोप दिया करते थे। पर आज के अति भौतिकतावादी इस युग में जहाँ संयुक्त परिवारों की परिपाटी समाप्त होकर एकल परिवारों की परम्परा विकसित होती जा रही है ऐसे में बिना उपदेश दिए अनजाने में ही बच्चों के हृदय में राष्ट्र-भक्ति के बीज बोने के लिए उनके पास दादी-बाबा और नाना-नानी का पूर्णतः अभाव है। माता-पिता भी अपने-अपने दफतरों की आपा-धापी में अपने बच्चे को समुचित समय नहीं दे पाते।

ऐसे में बाल साहित्य की भूमिका प्रमुख हो जाती है। एक परिपक्व बाल कहानीकार बालक के मनोवैज्ञानिक दृष्टिकोण को ध्यान में रखते हुए जब बाल कहानी का सृजन करता है तो सहज ही बालक उस रचना को आत्मसात कर लेते हैं और लेखक द्वारा परोक्ष रूप से दी गई सीख को भी ग्रहण करते हैं।

उत्तर प्रदेश हिन्दी संस्थान लखनऊ का सुभद्रा कुमारी चौहान बाल साहित्य सम्मान पाने वाली श्रीमती विमला रस्तोगी जी ऐसी ही

एक परिपक्व लेखिका हैं जो गत पांच दशक से भी अधिक समय से बच्चों के लिए बाल साहित्य की विविध विधाओं में अपनी लेखनी चला रही हैं। दो दूनी चार उनका नवीनतम प्रेरक बाल कहानियां संग्रह है जिसमें बच्चों को पसन्द आने वाली और खेल-खेल में ही उनको कुछ सीख देने वाली नौ बाल कहानियाँ समाहित की गई हैं।

संग्रह की पहली कहानी- 'बेसहारा का सहारा' कहानी में विमला रस्तोगी ने बिना कोई उपदेश दिए सहज रूप से रमन, प्रतीक और प्रतीक के माता-पिता के भी मन में बेसहारों के प्रति सहानुभूति और सहायता की भावना का प्रस्फुटन कर दिया है। और यह भी कि बिना कारण जाने माता-पिता को भी अपने बच्चों को दण्ड नहीं देना चाहिए।

संग्रह की अन्य कहानियाँ भी विमला रस्तोगी जी ने इसी भाव-भूमि पर रची हैं। संग्रह की सभी कहानियों में बीच-बीच में लगे चित्र कहानियों को आकर्शक बना रहे हैं। कहानी संग्रह- 'दो दूनी चार' का सर्वत्र स्वागत होगा, ऐसी आशा है।

डॉ. दिनेश पाठक 'शशि'
28, सारंग विहार,
मथुरा- 281006
मोबा.- 9870631805

अपनी बात

बाल साहित्य जैसा कि नाम से ही पता लग रहा है, बच्चों के लिए लिखा जाने वाला साहित्य बाल साहित्य लिखे बिना कोई लेखक पूर्ण नहीं होता। बच्चों के लिए लिखना आसान नहीं होता क्योंकि उनके मनोविज्ञान को जानना होता है। समय और परिवेश के अनुसार बच्चों की रुचियों में परिवर्तन आता रहता है। आजकल के बच्चे काफी समझदार हैं। उनकी पकड़ अच्छी है। उनमें तर्क शक्ति भी है।

अच्छा साहित्य पढ़ना, स्वाध्याय करना एक अच्छी आदत है, पढ़ने से प्रत्यक्ष और अप्रत्यक्ष रूप से विभिन्न आयामों में बच्चे की प्रगति होती है। परियों की, राजारानी की, ऐतिहासिक, पौराणिक, विज्ञान संबंधी तथा नैतिक शिक्षा की कहानियां बच्चों के लिए लिखी जाती रही हैं। बच्चों ने पसंद भी की हैं। पर बाल मनोविज्ञान में कुछ नैतिक शिक्षाएं, आदतें एवं सीख ऐसी है जो कल भी उतनी ही जरूरी थी और आज के परिवेश में भी उतनी ही सटीक और लाभप्रद है। बच्चे अपने आस पास के परिवेश से, अपने साथियों से, अपने बड़ों से बहुत कुछ प्रत्यक्ष और अप्रयक्ष रूप से सीखते हैं। यह सीख उनके आगे तक के जीवन में काम आती है, उन्हें अच्छा इन्सान बनने में मदद करती है।

इसी तरह की कुछ आदतों, रुचियों और अपरोक्ष रूप से दी गई सीख को लेकर मैंने अपने इस प्रेरक बाल कहानियां संग्रह 'दो दूनी चार' में कहानियां लिखी हैं, जो आपको अपने आस-पास की कहानियां लगेंगी जैसे. ईर्ष्या, घमंड, एक दूसरे से तुलना करना, किसी भी बच्चे के लिए अच्छा नहीं है, वहीं दूसरी तरफ किसी की सहायता करना, विपरीत और कठिन परिस्थिति में अपने साहस और सूझबूझ से काम लेना, सतर्क रहकर आस-पास की संदिग्ध गतिविधियों को देखना तथा प्रकृति से प्रेम आपके व्यक्तित्व को निखारता है। अतः मेरी इस पुस्तक 'दो दूनी चार' में कहानी के उद्यान के विभिन्न रंग और सुगंध के फूल हैं, जिनकी सुगन्ध से आपका जीवन महक उठेगा।

आशा है आपको मेरी ये प्रेरक बाल कहानियां पसंद आएंगी। आपके व्यक्तित्व में कुछ अच्छी बातें सम्मलित कर देंगी, आप आनन्द से पढ़ें। आप जीवन में खूब उन्नति करें। यही मेरी शुभकामना है।

विमला रस्तोगी
'आयाम' 127, गगन विहार,
दिल्ली-51

आभार

मैं, उ.प्र. हिन्दी, संस्थान, लखनऊ से 2021 का बाल साहित्य का सर्वोच्च सम्मान ''बाल साहित्य भारती'' सम्मान प्राप्त करने वाले बाल साहित्य के मर्मज्ञ डॉ. दिनेश पाठक 'शशि' का दिल से आभार व्यक्त करती हूँ जिन्होंने अपनी व्यस्ततम दिनचर्या में से समय निकालकर मेरी इस पुस्तक की भूमिका लिखी। डॉ. दिनेश पाठक 'शशि' जी को राष्ट्रीय स्तर की संस्थाओं द्वारा अन्य साहित्यिक सम्मान व पुरस्कार मिल चुके हैं। डॉ. दिनेश पाठक जी की प्रखर लेखनी साहित्य की सभी विधाओं पर चली है, अब तक इनकी 52 पुस्तकें प्रकाशित हो चुकी हैं। इनके व्यक्तित्व एवं कृतित्व को कुछ शब्दों में नहीं बांधा जा सकता। इनके लेखन के बारे में जितना कहा जाए कम है मेरी शुभकामनाएं हैं कि ये भविष्य में भी इसी तरह साहित्य सृजन करते रहें। इनका बहुत.बहुत आभार एवं अभिनंदन।

शुभाकांक्षी

विमला रस्तोगी
'आयाम' 127, गगन विहार,
दिल्ली-51

अनुक्रम

●

बेसहारा का सहारा

स्कूल से लौटने पर प्रतीक ने कपड़े बदले, खाना खाया और स्कूल का काम करने लगा। काम पूरा होने पर पुस्तकें यथास्थान रखीं और खेलने के लिए जूते पहनने लगा, 'आज अभी से खेलने जा रहा है।' माँ ने पूछा।

"हाँ आज हम बड़े पार्क में खेलने जा रहे हैं, दूसरे स्कूल के लड़के भी वहीं आएंगे।" कहकर प्रतीक ने 'बल्ला' उठाया और अपने दोस्त नवीन के साथ चला गया।

जैसे ही वह दोनों गली के बाहर निकले एक वृद्धा (बूढ़ी औरत) बदहवास-सी उनके पास आई और बोली- "बेटे इस फोटू (फोटो) को देखो" क्या तुमने इस शक्ल का कोई लड़का देखा है, यह मेरे बेटे रमन की तस्वीर है जो उसने एक महीने पहले एक मेले में खिंचाई थी। पन्द्रह दिन हुए यह अपने चाचा की बात का बुरा मान कर घर से चला गया। आज तक नहीं लौटा।" उस वृद्धा की आंखों में बराबर आंसू बह रहे थे।

"हमसे क्यों कह रही हो" नवीन ने रूखेपन से कहा।

"किससे कहूँ बेटा" मुझे बेसहारा की कोई नहीं सुनता है, मैं इस शहर में किसी को नहीं जानती हूँ।"

"तुम कहाँ रहती हो, तुम्हारा नाम क्या है" प्रतीक ने धीमे स्वर में पूछा।

“मेरा नाम रामदेई है। पास के गाँव में रहती हूँ। जब रमन एक वर्ष का था उसके बापू चल बसे। तब से रमन के चाचा देखभाल तो करते है किन्तु वह सभी हमसे बुरा व्यवहार करते हैं। मैंने बर्दाश्त किया पर रमन

से बर्दाश्त नहीं होता। पांचवीं पास करने के बाद उसने रमन को नहीं पढ़ाया। रमन पढ़ना चाहता था।”

नवीन उलझन महसूस कर रहा था, किन्तु प्रतीक ध्यान से सुन रहा था। रामदेई ने अपनी इसी धुन में आगे बताना शुरू किया, “बेटा पढ़ाई को लेकर चाचा भतीजे में अक्सर तू-तू मैं-मैं होती रहती है। उस दिन जोरदार कहासुनी हो गई। बिना किसी को बताए मेरा बेटा रमन घर से चला गया।” कहते-कहते उसका गला भर गया।

“चल प्रतीक देर हो रही है क्या दास्तां सुनने लगा।” नवीन ने कहा।

“हमें इसके लिए कुछ करना चाहिए, दुखी है, अकेली है।” प्रतीक ने सहानुभूति दिखाते हुए कहा।

"यार तू समझता क्यों नहीं हमें देर हो रही है!" नवीन ने कुछ झुंझलाते हुए कहा।

"नवीन! शहर में यह नई है, जाड़े के दिन हैं, कहाँ जाएगी"

"तुझे जो करना है कर, मैं तो चला।" कहकर गुस्से में पैर पटकता नवीन चला गया।

प्रतीक खेल को भूल गया, वह पूरी तरह से रामदेई के बारे में सोच रहा था। रामदेई अभी भी आंसूभरी आँखों से कहे जा रही थी- "रमन के बिना मुझे कुछ अच्छा नहीं लगता, वह न मिला तो मैं भी मर जाऊँगी।"

प्रतीक ने रामदेई से हिम्मत रखने को कहा और विश्वास दिलाया कि बेटे को ढूंढने में उसकी मदद करेगा। प्रतीक का दिमाग तेजी से काम करने लगा एकाएक पूरी कॉलोनी का नक्शा उसके दिमाग में घूम गया। टंकी के सामने कोठी के चौकीदार और उसके परिवार का ध्यान आया। वह रामदेई से बोला-

"माँजी आपके पास कुछ......" कहता कहता प्रकीक रूक गया।

"हाँ हाँ कह बेटे......."

"मेरा मतलब था आपके पास खर्च को कुछ......"

"हाँ, यह तीन सौ रुपए छिपाकर रखे थे मैंने, यही ले आई। दो धोती और एक गमछा है।"

"ठीक है आओ मेरे साथ।"

रामदेई को लेकर प्रतीक टंकी के पास की कोठी में गया। उसने चौकीदार को पहिले अपना परिचय दिया उसके बाद रामदेई की कहानी बताई। रामदेई स्वयं रो-रोकर अपनी कहानी बताने लगी। चौकीदार को

दया आ गई, उसने रख लिया। खाने-पीने का खर्चा उसे मिल जाएगा। यह बात प्रतीक ने चौकीदार को पहले ही बता दी थी। रामदेई ने लड़के का फोटो उसने अपनी जेब में रखा और घर आ गया।

पन्द्रह वर्षीय प्रतीक कक्षा दस का विद्यार्थी था। उसका बदन गठीला और फुर्तीला था। वह देखने में अपनी उम्र से ज्यादा लगता था। दाड़ी-मूछें भी उग आई थीं।

अगले दिन स्कूल जाते समय वह सड़क और चौराहों को गौर से देखता गया। पढ़ाई के समय भी रामदेई का ध्यान आता रहा, बार-बार रामदेई के आँसू उसकी आँखों के सामने घूम जाते। स्कूल की छुट्टी के बाद वह पैदल ही घर की ओर चल पड़ा। उसने रामदेई के लड़के की फोटो जेब से निकाली, ध्यान से देखा और चौकन्नी निगाहों से इधर-उधर देखता हुआ चलने लगा पर रामदेई का लड़का कहीं दिखाई न दिया। प्रतीक सोचने लगा, अकेले यह काम उसके बस का नहीं। पर किससे कहे, सभी दोस्त पढ़ाई में लगे हैं, कोई अपना समय खराब करना नहीं चाहता। प्रतीक ने शाम को खेलना बन्द कर दिया। खेल के समय में वह रामदेई के बेटे को ढूंढता रहता।

एक दिन दोपहर के तीन बज गए। प्रतीक स्कूल से नहीं आया तो माँ को चिंता होने लगी। वह घबराई हुई नवीन के घर गई। नवीन ने बताया- "सुबह प्रतीक मेरे साथ गया था लौटते में मैंने ध्यान नहीं दिया। मैं बातें करता दूसरे दोस्त के साथ आ गया।"

"लेकिन वह स्कूल बस से क्यों नहीं आया।" माँ की चिंता कम नहीं हुई।

"क्या पता रास्ते में कहीं उतर गया हो, आप चिंता न करो ताई जी प्रतीक आ जाएगा।"

माँ नवीन के घर से लौट आई। घर आकर देखा प्रतीक बरांडे में खड़ा था। "कहाँ रह गया था, फिक्र से मेरी जान निकली जा रही थी" माँ ने पूछा।

"एक लड़के से कापी लेनी थी वहाँ चला गया। क्षमा करना माँ, तुम्हें तकलीफ हुई।"

"तू क्या जाने माँ की ममता," माँ ने उलाहना दिया।

"आजकल जान गया हूँ माँ," प्रतीक की इस बात को माँ ने गंभीरता से नहीं लिया।

दिन छिपे प्रतीक रामदेई से मिलने गया। वह ठीक प्रकार से रह रही थी। चौकीदार उसका दुख समझता था। उसके परिवार का व्यवहार रामदेई के साथ अच्छा था। पर बेटे की याद रामदेई को बेचैन किए रहती। रामदेई पुनः रो-रोक कर प्रतीक से विनती करने लगी, कि किसी भी तरह उसके बेटे को ढूँढ दो। उस रात प्रतीक को नींद नहीं आई वह उपाय पर उपाय सोचने लगा। कोई ठोस उपाय नहीं मिला। प्रतीक सोचने लगा 'अगर रामदेई का बेटा न मिला तो रामदेई का क्या होगा, वह यहाँ कब तक रह सकेगी, यहाँ के बाद कहाँ जाएगी, बेचारी! सारी उम्मीद मुझसे लगाए बैठी है, मुझे उसके बेटे को ढूंढना ही होगा।

अगले दिन शाम पाँच बजे तक प्रतीक स्कूल से नहीं लौटा। फिकर से माँ का बुरा हाल हो गया। नवीन ने बताया कि प्रतीक आज स्कूल

ही नहीं गया। कल भी नहीं गया था। बात पड़ौस में फैल गई। प्रतीक के पिताजी दफ्तर से आ गए। इतने में एक पड़ौसी ने बताया कि उसने प्रतीक को पिक्चर हॉल पर देखा था। सुनते ही पिताजी का पारा चढ़ गया, "आने दो आज ऐसा सबक सिखाऊंगा जो जिंदगीभर याद रखेगा।"

चिन्तायुक्त माँ को पिता के गुस्से ने और डरा दिया।

सात बजे प्रतीक घर आया। घर में छाए सन्नाटे से सहम गया। उसके कुछ कहने से पहले पिताजी का गुस्सा फूट पड़ा- ''बेशर्म! पढ़ाई के दिनों में फिल्में देख रहा है। हमारी आँखों में धूल झोंक कर सैर-सपाटे कर रहा है। बता कहाँ था सारे दिन'' कहते ही झन्नाता हुआ एक तमाचा प्रतीक के गाल पर पड़ा। हाथ से गाल सहलाते हुए प्रतीक ने आँखें झुका लीं।

“जवान होते बेटे पर हाथ उठाना ठीक नहीं।” माँ ने उन्हें रोका. ‘‘बेटा बड़ा होकर माँ-बाप का सहारा बनता है और यह…… ” कहते-कहते माँ सुबकने लगी।

“माँ! कुछ मेरी भी सुनो….. ” बड़ी मुश्किल से कह पाया प्रतीक।

“हमें कुछ नहीं सुनना।” पापा का कठोर स्वर गूँजा।

तभी रामदेई अपने बेटे रमन के साथ उसके घर आ गई। दरवाजा खुला था, रामदेई हाथ जोड़कर बोली. ‘‘बाबूजी, अपने बेटे को कुछ मत कहो।”

यह तो ’’देवता है देवता। यह मेरे खोए हुए बेटे को अभी ढूंढकर लाया है। मैं कैसे इसका कर्ज उतारूंगी। इस अनजान शहर में पग.पग पर इसने मेरी सहायता की। वरना मेरा क्या होता राम ही जाने। मुझ बेसहारा को इसी से सहारा मिला।”

माँ-पिताजी दोनों आश्चर्य में पड़ गए। माँ के पूछने पर प्रतीक ने पूरी घटना सुनाई। बीच में रामदेई बोल पड़ी- ‘‘बेटी! सिनेमाघर से मेरे रमन को ढूंढ कर लाया है तुम्हारा बेटा। रमन वहाँ पापड़ बेच रहा था। तुम्हारा बेटा कई दिन से मेरे रमन को ढूंढने में लगा था। बेचारे ने बड़ी दौड़ धूप की। मैं इसका अहसान जिन्दगीभर नहीं भूल सकती। आप लोग बड़े भाग्यशाली हैं, जो इतना अच्छा बेटा मिला। भगवान इसकी उमर लंबी करे, मेरी उमर भी इसे लग जाए।” प्रतीक के अहसान से दबी रामदेई एक-एक मुँह में सौ-सौ दुबाऐं दे रही थी। रमन को पाकर उसने सब कुछ पा लिया था। रमन भी अपनी आँखों से प्रतीक का आभार प्रकट कर रहा था।

दूर के ढोल

अमिताभ अचानक पहुँचकर सबको आश्चर्यचकित करना चाहता था। इसीलिए आने से पहले पत्र नहीं लिखा। अमिताभ की दसवीं कक्षा की परीक्षा समाप्त हुई और उसने अगले ही दिन अपनी मामी जी के घर आने की सोची। पड़ोसी अंकल का साथ भी मिल गया। चार घंटे में वह मामी जी के घर पहुंच गया। मामीजी का लॉन बहुत सुन्दर था। छोटा, लेकिन बड़ा करीनेदार। रंग-बिरंगे फूल आकर्षित करते थे। एक क्षण रुककर अमिताभ ने सोचा, ''मामी अकेले कितना कुछ कर लेती हैं'' दूसरे ही क्षण अंदर से आती आवाजों के कारण वह एक किनारे दीवार से सट कर खड़ा हो गया।

''महंगे सामान या खिलौनों से आदमी बड़ा नहीं बनता उसे होशियारी, समझदारों और व्यवहार में बड़ा होना चाहिए।

''मुझे कुछ नहीं सुनना।'' मोहित ने झुंझलाकर कहा।

''मैं जानती हूँ तुम कुछ सुनना नहीं चाहते, पर इतना सुन लो, कभी कोई पूरी तरह संतुष्ट नहीं होता है।'' उसकी मम्मी की आवाज थी।

तभी साइकिल निकालने की आवाज आई ''कहाँ जा रहे हो भैया'' छोटी बहन शशि ने पूछा।

मोहित ने जबाव न दिया तो शशि बोली- ''साइकिल में हवा नहीं है।''

''पता है, पैसे हैं मेरे पास।'' कहकर एक झटके से मोहित साइकिल दरवाजे के बाहर ले गया। उसने इधर-उधर भी नहीं देखा।

अमिताभ समझ गया घर में किसी बात को लेकर झगड़ा हुआ है। वह सकपका गया, अन्दर तो जाना ही था। जेब से कंघा निकालकर उसने अपने बाल काढ़े, रुमाल से हाथ पौंछे। दरवाजा खुला था, वह अन्दर चला गया।

मामी ऊषा पुराने अखबार पलट रही थी- ''जाने दो आज तुम्हारे पिताजी को, मैं साफ कह दुंगी, मुझे नौकरी करनी है।'' बड़बड़ाते हुए ऊषा आवेश में उठी- देखा सामने अमिताभ खड़ा है। ''अरे अमिताभ तुम! कब आए।''

''अभी अभी।''

''पता ही न लगा, शशि। देख भैया आए हैं।'' मामी ने दूसरे कमरे में खेल रही बेटी को आवाज दी।

''आने की खबर नहीं दी। अकेले आए क्या।'' ऊषा ने अमिताभ से पूछा।

''अचानक आकर मैं आप सबको चौंकाना चाहता था। पड़ौस के वर्मा चाचाजी के साथ आया, उनकी कार से, यहीं चौराहे पर उतर गया।''

ऊषा मामी ने अमिताभ से घर पर सबके हालचाल पूछे, उससे हाथ मुंह धोने को कहा और नाश्ते की तैयारी में रसोई में चली गई।

अमिताभ ने शशि से पूछा. ''मोहित कहाँ गया है।''

''गुस्से में बाहर गया है।'' शशि ने धीरे से कहा।

''क्या हुआ।'' अमिताभ ने भी धीरे से ही पूछा।

फोन लेने की जिद कर रहा था। मम्मी ने कहा पिछले साल साईकिल दिलाई है अभी फोन नहीं दिला सकते। बस लगा बहस करने। दोपहर खाना नहीं खाया, अब मुश्किल से खाकर गया है, मम्मी ने भी नहीं खाया, बस चाय पी है।

अमिताभ के आने से भी ऊषा का मन पूरी तरह संयत न हुआ। उसे नाश्ता कराने के बाद पुनः मोहित की बातें याद आने लगीं। अमिताभ ने मोहित को देख आने के लिए कहा किन्तु ऊषा ने यह कहकर मना कर दिया, ''पता नहीं किधर गया हो, फिर तुम यहाँ नए हो।''

शशि व अमिताभ कहानियों की किताबें पढ़ने लगे, ऊषा अपने सर्टिफिकेट देखने लगी संध्या का छुटछुटा हो गया था, न मोहित आया न उसके पिताजी। ऊषा चिंतित हो गई। शशि को मोहित के दोस्तों के घर देखा, मोहित वहाँ नहीं था। ऊषा की बेचैनी और बढ़ गई।

''मामी, मैं बाहर हूँ।'' कहकर अमिताभ बाहर चला गया।

मोहित कक्षा 8 में तथा शशि कक्षा 6 में अच्छे नम्बरों से पास हुए थे। परीक्षाफल आए दो दिन हुए थे। मोहित फोन मंगाना चाह रहा था क्योंकि उसके दोस्त विकास के पास था। मोहित जिद्दी था। असंतुष्ट रहने की उसकी आदत थी।

मोहित के पिताजी अविनाश दफ्तर से आए। कमरे को अस्त-व्यस्त व ऊषा को चिंतित देख उन्होंने पूछा- क्या बात है।''

''भैया साइकिल लेकर गया है अभी तक नहीं आया।'' शशि ने बताया।

''नहीं आया तो आ जाएगा। तुम्हारी माँ को बड़ी जल्दी चिंता होने लगती है।'' अविनाश का इतना कहना था कि ऊषा फट पड़ी- ''यह बाप बेटे किसी दिन मेरी जान लेकर छोड़ेंगे। मैं ही पागल हूँ बेवजह सबकी चिंता करती हूँ।''

ऊषा को इतना परेशान देखकर अविनाश ने शशि से कारण पूछा, शशि ने सब बातें बता दीं।

''बहुत असंतुष्ट रहता है तुम्हारा बेटा अपने यार दोस्तों की बराबरी करता है, उनसे अपनी तुलना करता है। मेरे प्यार की कोई कीमत नहीं है उसके लिए। मैंने नौकरी करने का निश्चय कर लिया है। स्कूल के बाद घर में अकेला रहेगा तो मेरा महत्व पता चलेगा।''

''अब दुखी मत हो। यहीं कहीं होगा मैं देखता हूँ।'' कहकर अविनाश फाटक तक आए कि सामने से मोहित आ रहा था।

दरवाजे पर अमिताभ को खड़ा देख मोहित साइकिल से उतरा और उसी से बातें करता अन्दर आ गया। अविनाश मोहित से कुछ कहना चाहते थे किन्तु ऊषा ने इशारे से मना कर दिया। मौका पाकर शशि ने धीरे से मोहित से कह दिया- ''तुम्हारी जरूरतें पूरी करने के लिए माँ सर्विस करेंगी। तुम्हारे कारण माँ के आने तक मुझे अकेला रहना होगा।''

खाना खाकर दूरदर्शन पर धारावाहिक देखकर सब अपने.अपने बिस्तर में लेट गए। आपस में किसी ने खास बात नहीं की। बस पापा ने अमिताभ से सबके हालचाल पूछे थे।

शशि जल्दी ही सो गई, मोहित और अमिताभ एक साथ ही लेटे थेए दोनों को नींद नहीं आ रही थी। अमिताभ बोला- ''मोहित यार तेरी माँ और मेरी माँ की आदत बिल्कुल एक सी है।''

''कैसे।'' पूछा मोहित ने ।

‘‘दोनों ही हम लोगों की हर छोटी.छोटी बात का ध्यान रखती हैं। स्कूल जाने पर स्कूल से आने पर सब तैयारी रखती हैं।’’

‘‘उससे क्या होता है।’’

‘‘क्यों? मामी तेरे शौक की किताबें भी खूब दिलाती हैं। देख न तेरी अलमारी में कितनी लगीं हैं।’’

‘‘पुस्तक मेले से हर साल लेता हूँ। लेकिन...... ’’

‘‘लेकिन क्या....... ’’

‘‘बिल्कुल तेरी तरह मैं भी मम्मी को परेशान किया करता था, कभी वीडियो गेम, कभी कैमरा, कभी महंगे जूते, न जाने क्या क्या।’’

‘‘फिर....... ’’

‘‘लेकिन धीरे.धीरे कुछ घटनाओं ने मुझे समझा दिया कि दूर के ढोल सुहाने होते हैं।’’

‘‘साफ साफ बताओ न..... ’’ मोहित ने कहा।

‘‘अच्छा अब सो जा, कल बताऊंगा।’’

‘‘मुझे नींद नहीं आ रही।’’ मोहित बोला।

‘‘तो किसी फिल्म की कहानी सुना।’’ अमिताभ ने कहा और दोनों अमिताभ बच्चन की फिल्मों की बातें करते.करते सो गए।

अगले दिन सुबह उठने के बाद ऊषा थकी-थकी थी। फिर भी घर के कामों में लग गई। समय से नाश्ता तैयार किया।

पापा के दफ्तर जाने के बाद शशि ने मम्मी से कहा- ‘‘मम्मी आज शाम को स्कूल चलकर नई किबातें दिला देना।’’

‘‘ठीक है मोहित से पूछ लेना वह भी ले आएगा।’’ मम्मी ने कहा।

मोहित अमिताभ के साथ अपने दोस्तों के घर चला गया था। पहले वह सुलभ के घर गया, सुलभ ने तब तक नाश्ता नहीं किया था,

''इतनी देर हो गई यार.... तू...... अभी तक.....।'' मोहित ने शिकायत के स्वर में कहा।

''अभी तैयार ही नहीं हुआ पता नहीं हमारी माँ कैसे काम करती है। नाश्ते में, खाने में हमेशा देर करती है, स्कूल का लंच बॉक्स तक तैयार नहीं होता। माँ कैन्टीन से कुछ खाने के लिए रुपये दे देती है।''

''मेरी माँ तो हर काम समय से करती है।'' मोहित ने कहा।

''यार तेरी माँ हर काम में होशियार हैं, तुझे कितने अच्छे.अच्छे स्वेटर बुनकर पहनाती हैं, मेरी माँ हमेशा बाजार से खरीदती हैं।''

''मैं अशरफ के घर जा रहा हूँ। तू नाश्ता करके वहाँ आ जाना। वहाँ न मिले तो विकास के घर देख लेना।'' कहकर मोहित अमिताभ के साथ अशरफ के घर पहुँचा। अन्दर से अशरफ और उसकी अम्मीजान की जोर-जोर की आवाजें आ रही थीं।

''इतने दिन हो गए, साइकिल नहीं दिलाई, नतीजा भी आ गया, पास भी हो गया, फिर भी......'' अशरफ कह रहा था।

''नम्बर देखे अपने.......'' अम्मी की आवाज थी।

''मोहित की मम्मी ने उसे पिछले साल ही नई साइकिल दिला दी थी और आप....। ''

''हम उनकी बराबरी नहीं कर सकते, कह दिया न, अपनी सहूलियत से दिला देंगे।'' अम्मी ने कहा।

कुछ सोचते हुए मोहित का हाथ घंटी पर चला गया और अंदर से आवाजें आनी बंद हो गईं। अशरफ बाहर आया। मोहित ने अपने भाई अमिताभ का परिचय कराया दोनों में नमस्ते हुई। अशरफ ने कहा-

''मोहित अब तक क्रिकेट खेलने जाएंगे तो धूप तेज हो जाएगी। विकास के घर चलते हैं वहीं कोई खेल खेलेंगे। उसकी मम्मी भी नहीं होंगी।''

विकास घर में अकेला था। बेहद उदास और झुंझलाया हुआ, उन्हें देखते ही बोला- ''यार छुट्टियाँ काटनी मेरे लिए मुश्किल हो जाती हैं। बोरियत होती रहती है।''

''अपना टेबलेट निकाल गेम खेलेंगे।'' अशरफ ने कहा।

''मेरा किसी खेल में मन नहीं लगता। मम्मी का ध्यान आता है।'' विकास ने कहा।

''अच्छा गाने सुन लें'' मोहित ने कहा।

ऊब गया सुनते-सुनते। यार तुम दोनों अच्छे हो। तुम्हारी माँ घर पर रहती हैं, मेरी माँ दफ्तर से इतनी थककर आती है कि मुझे पढ़ाई में कुछ हैल्प नहीं कर सकतीं। स्कूल से आते ही ट्यूशन पढ़ो, फिर स्कूल का काम, कुछ मास्टर का काम बस यही रूटीन है मेरी रोज की।

"अभय भी यही कहता है कि मास्टर लगाकर उसके माँ-बाप ने कर्त्तव्यों से छुट्टी पा ली।" अशरफ बोला।

"अभय का पता नहीं, पर मैं अपनी जानता हूँ माँ के बिना मुझे घर में वीडियो गेम कुछ अच्छा नहीं लगता।" कहते-कहते विकास उदास हो गया। विकास की उदासी देखकर मोहित सोचने लगा, वह विकास को कितना सुखी समझता था, यह तो उससे भी दुखी है। कुछ पाने के लिए खोना जरूर पड़ता है।

मोहित को अपनी मम्मी का ध्यान आने लगा, वह बोला- "अशरफ तू विकास के पास बैठ, तब तक सुलभ भी आ जाएगा, मैं घर होकर आता हूँ।"

रास्ते में अमिताभ ने मोहित को देखा तो मोहित ने आँखें झुका लीं।

"क्यों मोहित मैंने कहा था न, दूर के ढोल सुहाने होते हैं।" हमारी इच्छाओं का तो कोई अंत नहीं है।"

"अमित दा तुम कब से इतने समझदार हो गए मुझे ताज्जुब हो रहा है।"

घर आकर मोहित माँ के पास आकर खड़ा हो गया। "माँ, मुझे माफ कर दो, अब मैं कभी तुम्हारा दिल नहीं दुखाऊंगा।"

माँ का दिल ठहरा पिघल गया, माँ ने मोहित को प्यार करते हुए कहा- "बेटा। बच्चे के उचित विकास के लिए प्यार, अच्छा वातावरण, अच्छे संस्कार, अच्छी शिक्षा सभी जरूरी होते हैं।"

"कान पकड़ कर माफी माँगो भैया।" शशि ने इस अन्दाज से कहा कि सब हँस पड़े।

पीले गुलाब

कुसुम और नीरज भाई बहन थे। नीरज छठी कक्षा में पड़ता था और कुसुम पांचवीं में। दोनों को ही फूलों से बड़ा पार था, कुसुम तो लगभग दीवानी ही थी फूलों की। उसे बाजारों में घूमना, खरीदारी करना, अच्छा न लगता, वह तो बाग बगीचों में घूमना पसन्द करती और वहाँ खिले एक-एक फूल को बड़े गौर से ललचाई नजरों से देखती। मन ही मन सोचती- काश! उसका भी एक बगीचा होता। कुमुम को गुलाब विशेष रूप से प्रिय था खासकर पीला गुलाब। पीला गुलाब देखते ही उछल पड़ती- ''देखो! मम्मी, कितना खूबसूरत गुलाब है, पीला गुलाब। तुम क्यों नहीं लगवा लेती।

''कहाँ लगवाऊ बेटी। तू अच्छी तरह जानती है, हमारे पास एक कमरे का सेट है, वह भी किराए का। न बरांडा न कहीं कच्ची जगह। गमले तक रखने की जगह नहीं। तेरी जिद पर ही ये चार गमले मंगवाए थे। पर वह धोखेबाज पौधे बेचने वाला कितने खराब पौधे लगा गया।'' कुसुम ने दुखी स्वर में कहा

''पीले गुलाब का तो पौधा ही नहीं था उसके पास ।''

''जो पौधे लगा गया है उनमें से दो पौधों पर तो फूल ही नहीं आते, कहीं दिख जाए वह बुड्ढा खूसट।'' क्रोध में कुसुम के नथने फूल जाते।

आजकल पग-पग पर धोखेबाजी है, ऐसा वह अम्मी से सुनती रहती थी पर फूलों के पौधों में भी धोखेबाजी होगी यह उसकी कल्पना के परे था उसके नन्हें दिल पर इस बात से धक्का लगा था।

काफी दिनों बाद कुसम के लाल गुलाब के पौधे पर पहला फूल खिला तो उसकी खुशी का ठिकाना न था ''देखो मम्मी, देखो भैया, हमारे गुलाब पर पहला फूल खिला है।'' ''कैसी नाच रही है खुशी से'' नीरज उसे चिढ़ाने लगा।

''खुशी तो तुम्हें भी हो रही होगी। यह बात दूसरी है कि तुम बताओ न।''

वास्तव में कुसुम के चेहरे की खुशी देखने लायक थी।

रंग बिरंगे फूलों की खूबसूरत मोहक छटा चार वर्ष की उम्र से ही कुसुम को अपने में बांधती रही थी। किसी के मकान या कोठी में फूलों भरा बगीचा देखकर उसका मन रह-रहके मचल जाता। घर जाते ही मम्मी से अनायास कह बैठती-मम्मी जब हम अपना मकान बनवाएंगे तो उसमें लान जरूर रखेंगे। मम्मी उन अबोध आंखों में भविष्य के सपने देखती रह जाती और मन ही मन भगवान से उन्हें पूरा करने की प्रार्थना करती।

कुसुम के पिता दिल्ली से बाहर सर्विस करते थे। उसकी मम्मी दिल्ली के एक स्कूल में पढ़ाती थी। बच्चों की पढ़ाई के कारण वह दिल्ली छोड़ना नहीं चाहती थी। अतः प्रत्येक शनिवार की शाम को पापा आते और सोमवार की सुबह तड़के ही चले जाते। उसके पापा के पास समय भी कम रहता और उन्हें फूलों से लगाव भी न था, अतः अपने फूल भरे गमलों की चाह कुसुम के मन में ही रह जाती। कुसुम के मकान में तीन किराएदार और थे, उनके शैतान बच्चों से अपने चारो गमलों की रखवाली कुसुम मुश्किल से करती। एक दिन किसी

बच्चे ने उसके गमले में खिले दोनों फूल तोड़ दिए। उस बच्चे की माँ कुसम से लड़ने को तैयार हो गई। बात खत्म करने के लिए माँ ने कुसुम को ही डाँट दिया तो बड़ी देर तक टूटे फूल की पंखुड़ियां हाथ में दबाए रोती रही कुसुम।

कुसुम के मकान से दो मकान छोड़कर अविनाश रहता था, शानदार लान के साथ बनी आलीशान कोठी में। अविनाश के पिता का बड़ा व्यापार था। उसका बड़ा भाई मुम्बई में किसी अच्छी सर्विस पर था।

अविनाश के बगीचे की खासियत पीला गुलाब था। पिछले वर्ष की पुष्प प्रदर्शिनी में उनके बगीचे के पीले गुलाब को द्वितीय पुरस्कार भी मिला था। नीरज अविनाश से उसके बगीचे के अच्छे रखरखाव की हमेशा तारीफ करता। दोनों ही रोज शाम को पार्क में बैटबाल खेलते थे। सामान्य ज्ञान की पुस्तकों का आदान प्रदान आपस में होता रहता था। किन्तु उन्हीं के ब्लाक में रहने वाले रजत को अविनाश व नीरज का साथ खेलना, उठना बैठना अच्छा न लगता था। यद्यपि रजत भी नीरज की क्लास में ही पढ़ता था, पर उसकी कोशिश हमेशा नीरज को

नीचा दिखाने की रहती। वह नीरज की होशियारी से जलता था। हाल ही में स्कूल में ड्राइंग व राइटिंग कम्पटीशन हुआ था। रजत ने स्कूल में सबसे कह रखा था कि वह नीरज से जीत कर दिखाएगा। किन्तु दोनों ही काम्पटीशन में नीरज क्रमशः प्रथम व द्वितीय आ गया, और रजत तृतीय स्थान भी न पा सका। तबसे रजत नीरज से और भी कुढ गया।

एक दिन स्कूल से आकर कुसुम ने झटपट खाना खाया और अपना चार्ट बनाने बैठ गई। चार्ट पर वह एक गमले में गुलाब के फूल बना रही थी। शीर्षक दिया था ''पीले गुलाब'' पेन्सिल से फूल बना चुकने के बाद कुसुम नीरज से बोली. भैया मुझे कल ही यह चार्ट देना है अभी रंग भरने बाकी हैं अगर पीला गुलाब का एक फूल मिल जाता तो रंग भरने में वास्तविकता आ जाती।'' ''ये कौन बड़ी बात है, मैं अविनाश के लान से एक फूल तोड़ कर ला देता हूँ।''

''लेकिन अविनाश को फूल तोड़ना पसन्द नहीं है।''

''तो उससे पूछकर ले आयेंगे।''

नीरज दौड़कर अविनाश की कोठी में गया तो पता चला अविनाश अपनी मम्मी के साथ कहीं गया है। रात को आएगा। अविनाश का नौकर रसोई में व्यस्त था। नीरज ने एक फूल तोड़ा और अपने घर आ गया। फूल को देख कुसुम बहुत खुश हुई और हाथ में लेकर उसने आँखों और माथे से लगाया। एक छोटे शीशे के गिलास में पानी भर लाई उसमें फूल को रखा और देख-देख कर अपने चार्ट के फूल रंगने लगी।

अगले दिन सुबह कुसुम ने फूल को अपनी एक पुस्तक में रख लिया। दोनों भाई बहिन स्कूल चले गए। नीरज ने क्लास में अविनाश से बोलने की कोशिश की तो उसका मूड उखड़ा हुआ था। क्या बात हो

सकती है नीरज की समझ में न आया। इण्टरवल होते ही नीरज ने अविनाश से पूछा

"क्या बात है अविनाश ! उखड़े हुए क्यों हो"

"फूलों की चोरी कब से शुरू कर दी। अविनाश ने सीधे यही पूछा।

"क्या कह रहे हो यार।" नीरज आश्चर्य चकित था। तभी बराबर में रजत मुस्कराता हुआ निकल गया।

"बनो मत! मुझे सब पता लग गया है।"

"हाँ, मैंने एक फूल जरूर लिया था, कुसुम को चार्ट में रंग भरने थे तुमसे पूछने आया था तुम घर नहीं मिले।"

"दस फूल तोड़े और एक बता रहे हो। बहुत खूब नीरज मुझे तुमसे ऐसी उम्मीद न थी।"

"यह झूठ है अविनाश। मेंने केवल एक फूल लिया था।"

"रजत ने तुम्हें मेरे गेट से निकलते देखा।"

"ओह, तो रजत ने तुमसे कहा है, वह कम्पटीशन की हार का बदला मुझसे इस तरह ले रहा है।" उस दिन से नीरज व अविनाश में बोलचाल बन्द हो गयी। रजत ने पूरे क्लास को यह बात बता दी। सब आपस में खुसर-पुसर करने लगे। नीरज किस-किस को समझाता।

अपने भाई पर फूलों की चोरी का इल्जाम लगा जानकर कुसुम को भी अफसोस हुआ। वह अपने फूलों के शौक को कोसने लगी।

वार्षिक परीक्षायें समाप्त होने के बाद गर्मी पड़ने लगी थी। अतः दोपहर को गलियों में सन्नाटा होने लगा था। तभी एक दोपहर को सन्नाटे का फायदा उठाकर रजत ने धीरे से अविनाश की कोठी का गेट खोला इधर उधर देखा और दो गायों को हांककर गेट के अंदर कर दिया। उसने फूलों के कुछ गमलों में खरबूजे के छिलके व रोटी के

टुकड़े रख दिए। नीरज व कुसम ने उसे देख लिया। दोनों दौड़े। नीरज को देखते ही रजत भागा, नीरज उसके पीछे भागा। कुसुम दौड़ कर अविनाश के लान में गई। उसने जोर से अविनाश को आवाज दी और गायों को भगाया। गाय तब तक तीन चार गमले खराब कर चुकी थी। यद्यपि कुसुम गायों से डरती थी, पर फूलों की सुरक्षा हेतु सब करने को तैयार थी। जब तक अविनाश व नौकर आए कुसुम गायों को भगा चुकी थी। भागदौड़ में गेट से टकराकर कुसुम के माथे में चोट भी लग गई।

कुसुम ने अविनाश को सारी बात बता दी। नीरज भी रजत को पकड़कर ले आया, रजत के साथ गुत्थम गुत्था में नीरज की कमीज भी फट गई, आसपास के लोग भी इकट्ठा हो गए, सभी ने रजत को बुरा कहा। रजत ने स्वीकार किया कि आज भी बगीचे को नुकसान पहुँचाकर वह नीरज का नाम लगा देता। उस दिन भी 9 फूल उसी ने तोड़े थे वह इस तरह नीरज को नीचा दिखाना चाहता था, रजत ने नीरज से माफी मांगी नीरज ने उसे माफ कर दिया। अविनाश ने भी नीरज से झूठा इल्जाम लगाने की माफी मांगी। दोनों ने प्रेम से हाथ मिलाए। नीरज व अविनाश में पुनः दोस्ती हुई देख कुसुम भी खुश हो गई। रजत ने इस तरह की हरकत भविष्य में न करने की शपथ ली।

पन्द्रह दिन बाद कुसुम की वर्षगांठ आई खुशी-खुशी कुसुम अपनी सहेलियों से उपहार ले रही थी। तभी अविनाश आया और कुसुम को बधाई देता हुआ बोला- ''कुसुम आज मैं तुम्हारे लिए नए किस्म का उपहार लाया हूँ।''

''अविनाश भैया। तुम बहुत पैसे बरबाद करते हो यह बात मुझे अच्छी नहीं लगती।''

‘‘आज तो बिना दाम के लाया हूँ।’’ इतना कह कर अविनाश ने दरवाजे की ओर में खड़े अपने नौकर को आवाज दी । 'पीले गुलाब' का गमला लिए नौकर हाजिर हो गया।

‘‘कुसुम। यह है मेरी आज की भेंट।’’ कहकर अविनाश ने गमला कमरे की खिड़की पर रख दिया।

‘‘पीला गुलाब। मेरे लिए। ओह, अविनाश भैया।’’

'तुम कितने अच्छे हो' कहकर कुसुम ने पीले गुलाब को चूम लिया। कुसुम के चेहरे की खुशी देखते बनती थी तभी अविनाश बोल पड़ा. ‘‘तुम्हें पता है कुसुम पीला गुलाब खुशी का प्रतीक है।’’

‘‘हाँ, और पीला गुलाब दोस्ती, प्यार और स्नेह का भी प्रतीक है, ’’ कुसुम बोली।

‘‘सही कह रही हो।’’ अविनाश ने कहा उस खुशनुमा माहौल में कुसुम के खिले चेहरे पर अद्भुत चमक थी। उसकी मम्मी की आंखें खुशी से नम हो गईं।

दो दूनी चार

उसका नाम था मदनलाल। बचपन में माँ से उसे "छोटी.छोटी **गउएं, छोटे छोटे ग्वाल, छोटे से मेरे मदन गोपाल**" गाकर खिलाया करतीं, सुलाया करतीं। मदन गोपाल की जगह पिताजी ने मदनलाल नाम रख दिया। उसका चेहरा गोल, नाक-नक्श औसत, कदकाठी अच्छी और रंग गोरा था, आंखें छोटी, गोल-मटोल चेहरा चिकना। जो कोई देखता, देखता रहा जाता।

एक दिन मदन की माँ ने उसके दोस्तों को बताया, 'छुट्पन में यह बहुत ही गोरा और मोटा था, घर वाले इसे लड्डू और मेरी सास तो इसे मलाई का लड्डू कहती थीं।

'लड्डू यानी मोदक' चुटकी बजाते हुए केतन ने कहा, 'फिर तो हम इसे मोदक कहेंगे।' महादेव की इस बात पर मदन की मां हंसी और बोली, 'क्या कहना है, यह तुम लोग आपस में निबटो, मैं चली हलुआ बनाने।' मां रसोई में चली गयी।

'तुम लोग मुझे मोदकलाल कहो या लड्डू गोपाल, मेरी सेहत पर कोई फर्क नहीं पड़ेगा।' मदन ने अपनी अच्छी सेहत देखकर गर्व से कहा।

मदन, महादेव और केतन तीनों अच्छे दोस्त थे, मदन महादेव एक ही स्कूल में एक ही कक्षा में पढ़ते थे। केतन का स्कूल दूसरा था।

मदन यानी मोदक शरीर से मोटा था पर उसका दिमाग मोटा नहीं था, वह हर बात को बहुत ही बारीकी से सोचता। क्या! क्यों! कैसे! उसके दिमाग पर छाये रहते। अखबार पढ़ने का उसे शौक था। स्कूल जाने से पहले वह अखबार की खास-खास खबरें जरूर पढ़ता।

मदन की एक विशेषता और थी उसका हंसमुख स्वभाव। वह हंसी-हंसी में बहुत कुछ कह देता और जान लेता। उसका स्वभाव और उसकी सेहत दोनों लोगों को आकर्षित करते।

एक दिन मदन और महादेव पार्क में बैठे अपने साथियों का इंतजार कर रहे थे- ''समझ में नहीं आता यार, केतन क्यों नहीं आया अब तक।'' महादेव ने झुंझलाकर कहा।''

'इसमें झुंझलाने की क्या बात है? आता होगा, ले तब तक चने खा।' मदन ने अपनी जेब से भुने हुए चनों की पुड़िया निकाली।

'तुझे हर समय खाने की पड़ी रहती है। मोदक लाल।'

'मैं परिश्रम भी कम नहीं करता हूँ। सुबह घूमने जाता हूँ। आकर व्यायाम करता हूँ।

'चुप कर मोदक। वह देख केतन आ रहा है।' महादेव ने कहा।

'पर इसका मुंह क्यों उतरा हुआ है।' कहकर दोनों केतन के पास पहुंचे। 'क्या बात है केतन ?' दोनों ने एक साथ पूछा। 'गुरवचन और लोचन जा रहे हैं।'

'कहाँ ?'

'उनके पापा ने दूसरी कॉलोनी में मकान खरीद लिया है। यार, अच्छे संगी-साथी कम होते जा रहे हैं। अब खेलने में क्या आनन्द आएगा।'

'अखिलेश के जाने का भी हमें कितना दुख हुआ था, मेरे मकान के एकदम सामने रहता था न।' मदन ने कहा।

'सुना है उसमें कोई नया किरायेदार आ गया है।' केतन ने पूछा।

तब तक तीनों पार्क में पड़ी एक बेंच पर बैठ गये।

'पता नहीं कौन आया है? दिन भर मकान बन्द रहता है, शायद रात को ही वे लोग आते हैं और देर रात तक उनके मकान की बत्ती जलती रहती है। कभी-कभी केवल एक आदमी रात को गाड़ी से आता है।' मदन ने कहा।

'तुझे कैसे पता?' केतन बोला।

'परीक्षा के दिनों में मैं देर तक पढ़ता था न, तभी देखा था। महादेव तेरा कुत्ता टॉमी भी कितना भौंकता था न।'

'कुत्ते का काम भौंकना है अभी नये.नये किरायेदार हैं भौंकेगा ही। मोदक कुछ मजेदार चुटकुले सुना, मूड ताजा हो जाएगा।' केतन के कहने पर मदन ने चुटकुलों के साथ-साथ एक पैरोडी भी सुनायी। दोनों दोस्त खूब हंसे।

अगले दिन घर में सामने वाले नये किरायेदार की चर्चा चली। मदन ने उन लोगों के रोज देर से आने की बात बतायी। उसके पिताजी को विश्वास न हुआ- 'इतवार के दिन मैं उनसे मिलने जाऊंगा।' कहकर पिताजी ने मदन की बात काट दी। लेकिन मदन ने उस दिन

से बैठक में सोना शुरू कर दिया। परीक्षाएं खत्म होकर छुट्टियां चल रही थीं। फिर भी मदन रात को लायब्रेरी से लायी पुस्तकें पढ़ता रहता।

रविवार के दिन पिताजी सामने वाले पड़ोसी से मिल आये थे, उस दिन वह घर पर अकेले ही थे। पिताजी ने आकर बताया था बहुत रईस आदमी है, विदेशों में व्यापार है, बच्चे विदेश में पढ़ रहे हैं। उनकी पत्नी बच्चों के साथ गयी हुई हैं। विदेशों में आना-जाना लगा रहता है। हर समय एक आदमी उनकी अर्दली में रहता है। ड्राइंग रूम देखो, क्या शानदार सजा रखा है।

मदन के पिताजी एक ही मुलाकात में नये पड़ोसी से प्रभावित हो गये थे लेकिन मदन को उनके ठाटवाट पर शक हुआ था।

एक दिन सुबह-सुबह ही गली में शोर मच गया। महादेव के कुत्ते 'टॉमी' को किसी ने जहर मिले बिस्कुट डाले, जिन्हें खाकर टॉमी मर गया। सुबह महादेव के पापा ने देखा, कुत्ता आखिरी सांसें गिन रहा था, दो-चार बचे हुए बिस्कुट पड़े थे।

अपने प्यारे कुत्ते टॉमी की मौत पर महादेव के साथ मदन के भी आंसू आ गये। आस-पड़ोस के सभी लोग वहां आ गये जितने मुंह उतनी बातें।

'महादेव। तू चिंता न कर। जिसने टॉमी को मारा है, वह भी नहीं बचेगा।' मदन की आवाज में रोष था।

आसपास अन्य कई मकानों में कुत्ते पल रहे थे, टॉमी की मौत के बाद सब सतर्क हो गये। अब महादेव का पूरा ध्यान और दिमाग सामने वाले मकान पर था। मदन दोपहर में सो जाता और रात को देर तक जागता।

एक रात गली के कई कुत्ते एक साथ भौंकने लगे। मदन जल्दी से ड्राइंगरूम के शीशे वाले दरवाजे पर आकर खड़ा हो गया।

काले रंग की कार से सिर पर हैट और आंखों पर काला चश्मा पहने पड़ोसी अंकल उतरे, अर्दली ने जल्दी से गेट खोला, हैट और काला चश्मा पहने एक और आदमी उतरा और एक पेटी को घर में ले गयाए उसके बाद एक के बाद एक चार पेटियां घर में पहुंचा दी गयीं। कार का ताला लगाकर सब अन्दर चले गये। कुत्ते भौंक रहे थे। दो मिनट बाद अर्दली बाहर आया, उसके हाथ में कुछ पुड़ियानुमा था, उसने इधर.उधर देखा और दबे पांव आगे बढ़ा दो मिनट बाद ही वापस आ गया।

'दाल में कुछ काला है।' मदन सोचने लगा। कुत्तों का शोर कम हो गया था। बिस्तर पर लेटा हुआ मदन सोचता रहा। उसे कब नींद आ गयी, पता न चला। सुबह उठते ही वह गेट पर गया। सामने वाला मकान बन्द था, गाड़ी भी नहीं थी। वह घूमने लगा तो गली का एक

कुत्ता मरा पड़ा था। मदन समझ गया, कुत्तों को मारने वाला कौन है।

उसने महादेव को सारी बात बतायी. 'महादेव, पिताजी तो तेरी बात मानेंगे नहीं, अब हमें ही कुछ करना होगा।'

उस रात महादेव मदन के घर सोने के लिए आया। दोनों देर रात तक जागते रहे, दो काली कारें आधी रात के समय आयीं। एक से पड़ोसी चाचा उतरे, दूसरे से उनके साथी। कुछ पेटियां गाड़ी से उतारी गयीं, कुछ रखी गयीं। पड़ोसी चाचा ने अपने साथी के कन्धे पर हाथ रखकर कहा- 'याद रखना, दो दूनी चार।'

'यह कोड वर्ड क्या हो सकता है?' मदन ने अपने दिमाग पर जोर दिया और अर्थ निकाले रात को 2 से 4 बजे के बीच या दो से चार पैकेट या पेटियां।

अगले दिन सुबह मदन और महादेव पास की पुलिस चौकी पर गये, उन्हें सारी बातें बतायी- 'सबूत तो हमारे पास नहीं है, हमारा सन्देह पक्का है, वह स्मगलर है। हो सकता है आतंकवादियों से मिले हों, उसी क्षण पुलिस चौकी पर इंस्पेक्टर साहब आये। मदन ने उनसे प्रार्थना की- 'आप लोग हमारे बरामदे में छिपकर आज रात स्वयं देखें।'

इंस्पेक्टर को मदन की बात जंच गयी। अपने एक सिपाही के साथ वह रात को मदन के मकान में छिप गये। रात को 2 बजे के बाद 2 कारें आयीं। पड़ोसी अंकल निकले, साथ में बहुत सी पेटियां भी उतरीं। आनन-फानन में पुलिस इंस्पेक्टर ने उन्हें पकड़ लिया मकान की तलाशी ली गयी। वह नया किरायेदार तस्कर निकला। सोना, अफीम, चरस, हेरोइन की तस्करी करता था। उसके नौकर ने पुलिस के सामने कबूल किया कि कुत्तों को जहर मिले बिस्कुट उस ने डाले थे। कुत्तों का भौंकना उनके लिए खतरा था।

पुलिस इंस्पेक्टर ने मदन और महादेव को शाबासी दी। मदन के पिता मदन की समझदारी पर आश्चर्यचकित थे। मदन ने दिमाग से तस्करों को पकड़वा दिया। सरकार द्वारा उसे पुरस्कार मिला। तीनों मित्र उस दिन बहुत खुश थे।

भावना समझ गई

भावना के कक्षा में आते ही खलबली मच गयी, ''लो भावना आ गयी' - एक छात्र ने कहा।''

''आओ भावना, हम तुम्हारे ही बारे में बातचीत कर रहे थे। कब आयी विदेश से? क्या क्या देखा वहां? वहां के बच्चे भी खूब ठाट से रहते होंगे।''

भावना अकेली और सवाल इतने सारे, पीरियड खाली था। पूरी कक्षा भावना को घेर कर बैठ गयी, कुछ दब्बू छात्र प्रश्न तो नहीं कर रहे थे पर उनके कान खड़े थे।

मनीष कक्षा का मॉनीटर था। वह इस घेरे से अलग बैठा था, उसने देखा जिस उत्सुकता से उसके साथी प्रश्न पूछ रहे हैं, उतने उल्लास से भावना उत्तर नहीं दे रही है। मनीष से न रहा गया। वह बोल पड़ा, ''तुम सब विदेश के बारे में पूछते जाओगे, अरे। इससे यह पूछो कि अपने भारत के बारे में क्या-क्या बताया वहां के बच्चों को।''

''क्या बताती? यही न कि भारत गरीब है। वहाँ के ज्यादातर बच्चे स्कूल की फीस तक देने में

असमर्थ

है” ताव में आ गई भावना।

"गरीबी के अलावा भी बताने के लिये है- यहाँ की सभ्यता, संस्कृति, यहाँ की प्रगति, प्राचीन गौरव, यह न भूलो कि तुम इसी भारत की रहने वाली हो।"

"देखो मनीष! मैं पहले भी कह चुकी हूँ, तुम्हारे यह भाषण मुझे अच्छे नहीं लगते।" भावना के माथे पर बल पड़ गये थे।

"यार मनीष, छोड़ इन बातों को। पीरियड खत्म होने में दस मिनट बाकी है। क्यों मूड खराब करते हो?" कपिल ने दोनों को शांत किया।

भावना सातवीं कक्षा में पढ़ती थी, और अपने दादा-दादी के साथ रहती थी। भावना जब बहुत छोटी थी, लगभग दो वर्ष की होगी तभी से दादी ने उसे पाला है। वह दादी-दादा के पास रहती है, क्योंकि उसकी मम्मी सर्विस करती थी और उनका ट्रांसफर दूसरी जगह हो गया। उसके पापा की सर्विस किसी और शहर में थी, अतः दादी ने ही उसे अपने पास रखा उसकी सारी जिम्मेदारी उठाई।

समय बीतता गया, भावना स्कूल जाने लगी, स्कूल की छुट्टियों में भी उसकी मम्मी उसे अपने साथ नहीं ले जा सकती थी क्योंकि उनके ऑफिस की इतनी छुट्टियां होती, वह स्वयं ही आ जातीं थी। भावना का मिडिल क्लास परिवार था। भावना के मम्मी पापा चाहते थे कि उनका रहन-सहन का स्तर और अच्छा हो जाए, भावना को खूब अच्छी शिक्षा दे सके। अतः अपने दोस्तों की देखा देखी भावना के पापा ने भी विदेश में नौकरी ढूंढने में जी जान लगा दी और एक दिन उन्हें विदेश में नौकरी मिल गई। विदेश जाने की सारी प्रक्रियाएं पूरी कराके

उसके पापा चले गए। पापा विदेश में सेटिल हो गए तो मम्मी ने भी विदेश जाने का मन बना लिया।

कुछ समय बाद भावना की मम्मी भी विदेश चली गई। बाद में उन्हें भी वहाँ नौकरी मिल गई। शुरू में तीन साल तक मम्मी पापा भारत नहीं आए। फोन पर ही बातचीत होती।

छटी कक्षा की वार्षिक परीक्षा चल रही थी तो भावना ने बताया ''इस बार की छुट्टियों में मैं और दादा दादी मम्मी पापा के पास विदेश जा रहे हैं।''

''अरे वाह! तुमने बड़ी अच्छी खबर सुनाई।'' उसकी सहेली मौसमी ने कहा।

''पापा ने टिकट भी भेज दिए हैं। सब तैयारी हो गई है।''

''कितने दिन को जा रही हो?''

''दो महीने के लिए।'' भावना ने जवाव दिया।

''मैं तो जाने को उतावली हो रही हूँ।'' भावना ने आगे कहा।

दो महीने मम्मी पापा के साथ रहकर वह भारत आ गई और उस दिन ही स्कूल आई थी।

इन दो महीनों में मौसम केवल इतना बदला था कि गर्मी के बाद बरसात आ गयी, लेकिन भावना बहुत बदल गयी। विदेश और विदेशी वस्तुओं की ही बात करती रहती। उसका बैग, बरसाती, लंच बॉक्स, पैन छाता, रुमाल सभी इम्पोरटेड थे, अपनी प्रिय सहेली मौसमी के साथ भी उसका व्यवहार बदल गया था। पहले इंटरवल में मौसमी और भावना हमेशा साथ-साथ खाना खातीं और अब.... ''ओह! मौसमी तुमने सब्जी के हाथ मेरे इम्पॉर्टेड लंच बाक्स पर लगा दिये। गीले हाथ मेरे रुमाल से क्यों पौंछ दिये, देखती नहीं विदेशी सेंट लगा है उस पर? ''

''आई एम सॉरी भावना।'' कहकर मौसमी ने अपने मन का दुख मन में ही छिपा लिया। उसके बाद उसने भावना के साथ खाना नहीं खाया, मौसमी पढ़ने में होशियार थी, उसकी मनीष से अच्छी पटती थी, मौसमी के साथ भावना के बदलते व्यवहार को देखकर मनीष को गुस्सा चढ़ता था, एक दिन उसने कह दिया, ''मौसमी, भावना का घमंड मुझसे बर्दास्त नहीं होता। विदेश क्या हो आई। उसका उसका दिमाग ही बदल गया।''

''मैंने एक योजना बनायी है।'' मनीष ने अपनी योजना मौसमी के कान में बताई।

''नहीं मनीष! यह बुरी बात है। तुम ऐसा नहीं करोगे।'' मौसमी ने समझाते हुए कहा।

''ठीक है, नहीं करूंगा।'' मनीष ने कह दिया, पर वह अवसर की तलाश में लगा रहा।

एक दिन स्कूल से ही पिकनिक का प्रोग्राम बना। भावना अपने बढ़िया विदेशी कपड़ों व बैग के साथ आयी। बस में भी अपनी विदेशी चीजों की ही तारीफ करती रही। कुछ छात्र-छात्राएं उसके कपड़े घूर-घूर कर देख रहे थे। साथ ही प्रार्थना कर रहे थे कि हो सके तो उनके लिए विदेश से कुछ मंगा दे। मौसमी चुपचाप बैठी थी और मनीष कुछ कर रहा था। पिकनिक स्थल पर पहुंच कर सभी इधर उधर मटरगस्ती करने लगे। सबने अपना सामान एक जगह इकट्ठा करके रख दिया था। एकांत पाकर मनीष से भावना का बैग पास बहती झील में डाल दिया। मौसमी ने फेंकते हुए, देख लिया। बोली ''मनीष! यह क्या किया तुमने? क्यों किया? तुम कौन होते हो?''

मौसमी की तेज आवाज से और छात्रछात्राएं भी आ गये, भावना ने आते ही मनीष को डांटना शुरू कर दिया।

सभी छात्र अपनी-अपनी टीका-टिप्पणी करने लगे। मौसमी ने देर किये बिना झील में छलांग लगा दी।

''रुको मौसमी, मैं निकालता हूँ'' कहते हुए मनीष पानी में कूद गया। सब हक्के-बक्के रह गये। अध्यापिका घबरायी वह चिल्लायी ''मौसमी, मनीष, सम्हाल के। जल्दी आ जाओ।''

कुछ ही मिनट में दोनों किनारे पर आ गए। मनीष ने बैग मौसमी को देते हुये कहा-'' सॉरी मौसमी, तुम्हारा दुख और भावना का घमंड मुमसे देखा न गया।'' मौसमी भावना के पास आयी- ''लो भावना, अपना इम्पोरटेड बैग। इसके अंदर तुम्हारा इम्पोरटेड लंच बाक्स और स्कार्फ भी है।'' मौसमी की बात से भावना मारे शर्म के जमीन में गड़

गयी, बोली- ''मुझे माफ कर दो मौसमी। इन विदेशी वस्तुओं के कारण मैंने तुम्हारे सच्चे प्यार को अनदेखा किया। तुम्हारा दिल दुखाया। मैं विदेशी चीजों की झूठी चमक में खो गई।''

''कोई बात नहीं भावना, तुम बहक गई थीं।'' कहकर मौसमी ने भावना के कंधे को थपथपाया।

मनीष भी बोलने से स्वयं को न रोक सका, और बोला- 'अपने देश को कभी छोटा मत समझो भावना, हमारा देश बहुत उन्नति कर रहा है। हमारे देश की विदेशों में बहुत इज्जत है, नाम है।''

''तुम ठीक कहते हो मनीष, मैं समझ गई।''

''आओ चलो अब पिकनिक का आनंद लेते हैं।'' भावना ने कहा और सबके चेहरे पर खुशी आ गई।

अपने ही घर में

अंशुल स्कूल से आकर बस्ता पटकता और खेलने चला जाता। मम्मी का कुछ कहना जैसे उसे सुनना ही न था। अंशुल की शैतानियों जैसे.तैसे माँ बर्दाश्त करती थी लेकिन इधर एक महीने से अंशुल में एक नई आदत पनप रही थी जिसने मां के दिल दिमाग को बहुत परेशान कर दिया। वह सोचती अंशुल दस वर्ष का है, इतना छोटा नहीं जो बात न समझता हो।

पहली बार अंशुल की इस आदत की खबर मां को अशुल की बुआ रेखा से लगी, वह उन दिनों आई हुई थी, रेखा ने उन्हें अकेले में लाकर कहा. 'भाभी मैंने अंशुल को मेज पोश के नीचे से दस का नोट उठाते हुए देखा था। वह बाजार जाकर उसकी टॉफियां या खेलने की गोट वगैरह ले आया था, एक दिन आप बाजार गई थी तो मैंने उसके पास बहुत सी टाफियों और चुइंगम देखी थी। पूछने पर उसने कहा था कि मेरे दोस्त ने दी है, और मैं चुप लगा गई।

रेखा के कहने पर माँ को आश्चर्य हुआ। एक दिन माँ दोपहर में सोने का बहाना कर आंखे बंद कर लेट गई, अशुल ने अलमारी में से रुपए के डिब्बे में से चुपके से 10 रुपए के दो नोट निकाले और घर से बाहर चला गया। माँ उस समय चुप रही, अंशुल शायद 10 रुपए का बाजार में कुछ खा आया और 10 रुपए की टॉफियां ले आया। माँ ने झुंझलाकर पूछा. ''टाफी कहाँ से आई?

''मेरे दोस्त ने दी हैं।''

''कौन सा दोस्त है तेरा, अब बहुत टॉफियां देने लगा है।''

माँ पूछती रही, अंशुल झूठ बोलता रहा, गुस्से में आकर माँ ने अंशुल के तड़ातड़ कई थप्पड़ जड़ दिए। अंशुल रोने लगा। माँ भी दुखी होकर सोचने लगी. ''मार से अंशुल ठीक नहीं होगा, ना अपनी गलती मानेगा, उसे समझाने का कोई और तरीका ढूंढना होगा।''

उसके बाद से माँ अंशुल को किसी रिश्तेदार के घर लेकर जाने में डरतीं, कहीं अंशुल ने वहाँ किसी के पैसे उठा लिए तो इज्जत मिट्टी में मिल जाएगी। कोई मेहमान घर आता तो मम्मी विशेष सतर्क रहती। उन्होंने इधर-उधर पैसे भी रखने छोड़ दिए। जरूरत के अनुसार अंशुल को पैसे भी देती। अंशुल के पिताजी को गुस्सा बहुत तेज था। इसी डर से माँ ने अंशुल की इस आदत के बारे में नहीं बताया था।

एक दिन अंशुल के दादा जी का पत्र आया मम्मी पढ़ कर उदास हो गई।

'किसकी चिट्ठी है माँ?' अंशुल ने आते ही पूछा। माँ ने बिना कुछ बोले चिट्ठी उसे दे दी। अंशुल चिट्ठी पड़कर खुशी से बोला ''दादा जी आ रहे हैं, यह तो खुशी की बात है और तुम उदास हो गई माँ। '' उदास हुई हूँ तुम्हारी गंदी आदतों के कारण? दादा जी तुम्हारी ऐसी हरकतें देखकर क्या सोचेगे? देख अंशुल उनके सामने ऐसी हरकत न करना। इस गंदी आदत को हमेशा के लिए छोड़ दे बेटे।''

''ठीक है माँ'' अंशुल के आश्वासन देने पर भी माँ निश्चिंत न हुई।

दादा जी निर्धारित दिन आ गए। अंशुल और छोटा भाई अवनीत खुश थे। पर माँ मन ही मन डरती रहती जब भी अशुल उन्हें अकेले में मिलता, वह उसके कान में फुसफुसा देती थी- ''देख अंशुल बाबाजी अपने रुपए कभी बिस्तर के सिरहाने, कभी शोकेस में रख देते है तू उसमें से एक सिक्का भी न उठाना।

अपनी आदत से मजबूर अंशुल ने एक दिन मेज पर रखे फुटकर रुपयों में से एक रुपया चुपचाप उठा लिया। माँ ने दबी जबान में पूछा तो यह झूठ बोलता रहा। दादाजी की अनुभवी आँखे सब भांप गईं। एक शाम अंशुल बाहर खेलने गया था, माँ दादाजी का चाय नाश्ता मेज पर रखकर लौटने लगी तो दादा जी ने आवाज लगाई और कहा ''इस बार जब से आया हूँ देख रहा हूँ अंशुल की तरफ से तुम कुछ शंकित रहती हो। क्या बात है?''

बात खुलती देख माँ ने दादा जी को सब कुछ बता दिया। दादा जी समझ गए।

''आप ही बताइए कोई रास्ता?'' माँ ने परेशान होकर कहा।

''सोचेंगे।'' दादा जी का आश्वासन पाकर माँ ने स्वयं को हल्का महसूस किया और काम में लग गई।

दो-तीन दिन बाद पापा के दफ्तर चले जाने के बाद माँ अवनीत को लेकर किसी रिश्तेदार के यहाँ चली गई। एक बजे अंशुल स्कूल से आया, मम्मी खाना बनाकर रख गई थीं। उसने दादा जी के साथ खाना

खाया, और कहानियाँ सुन-सुनकर खुश होता रहा। घड़ी ने दो बजाए, दादा जी ने अंशुल से कहा ''अंशुल! मैं आराम करने अंदर कमरे में जा रहा हूँ। तुम यहीं बरामदे में बैठो, कोई किताब पढ़ लो।'' दादाजी अंदर चले गए।

और अंशुल बच्चों को एक पत्रिका लेकर बरामदे में कुसों डालकर बैठ गया। कुछ देर बाद गेट पर कुछ आहट हुई उसने निगाह उठाकर देखा एक कुत्ता गेट पर पैर मार रहा था। अंशुल ने वहीं से हुश हुश करके भगा दिया। फिर पत्रिका पढ़ने में मगन हो गया। कुछ ही मिनटों बाद उसने निगाह उठाई तो देखा, एक दाढ़ी वाला व्यक्ति सफेद चादर ओढ़े गेट के भीतर आया और जीना चंढने लगा। कौन हो तुम? कहाँ जा रहे हो?" अंशुल ने पूछा, अजनबी ने जवाब नहीं दिया। अंशुल हिम्मत करके उसके पास पहुंचा पर तब तक वह व्यक्ति कमरे में पहुंच चुका था।

''तुम चोर हो? चोरी करते शर्म नहीं आती तुम्हें?''

''शर्म मुझे नहीं तुम्हें आनी चाहिए।''

''क्या बकते हो। दादा जी। दादा जी । ऊपर आइए'' अंशुल जोर से बोला।

''दादा जी को क्यों बुलाते हो? ऐसे घर में से मैं कुछ नहीं लूंगा जहाँ पहले ही एक चोर रहता हो।''

''चोर कौन चोर?'' अंशुल हकला गया।

''तुम तो अपने ही घर में चोरी करते हो। चोरी एक रुपए की हो या एक हजार की चोरी चोरी है। कहकर यह अजनबी तेज कदमों से गेट से बाहर चला गया और बराबर वाली गली में ओझल हो गया।

अंशुल अवाक सा यही सोचता रहा इसे कैसे पता चला मेरी बात का? कितनी बड़ी बात कह गया वह। अब मैं कभी पैसे नहीं उठाऊंगा

अच्छा हुआ दादाजी ऊपर नहीं आए वरना क्या सोचते वह? अंशुल इन्ही विचारों में खोया कुछ देर वहाँ खड़ा रहा। तभी उसे ध्यान आया दादा जी को उस आदमी के बारे में बता देना चाहिए। दादा जी सो गए हैं शायद। वह जल्दी से नीचे आकर दादा जी के कमरे में गया।

"क्या बात है अंशुल? क्या तुमने अभी मुझे आवाज दी थी?" दादा जी ने पूछा।

इससे पहले कि अंशुल कुछ जवाब दे उसकी निगाह कुर्सी पर पड़ी चादर और दाड़ी पर पड़ गई।

उपहार की कीमत

अनुराग दिल्ली के एक पब्लिक स्कूल में पढ़ता था, हॉस्टल में रहता था। उसके डैडी इंजिनियर थे। उनका ट्रांसफर होता रहता था। अतः उन्होंने कक्षा एक से ही अनुराग को हॉस्टल में भेज दिया था। अब अनुराग आठवीं कक्षा में आ गया था।

अनुराग के डैडी पिछले एक साल से नरोरा में कार्यरत थे। वहां रहने के लिए उन्हें खासी बड़ी कोठी मिली हुई थी। पीछे बड़ा बगीचा था जिसमें तरह-तरह के फूलों के पेड़ और सब्जियां लगी थीं। सामने लॉन में सुन्दर रंग.बिरंगे फूलों के पौधे लगे थे। अनुराग की कोठी से थोड़ी दूर पर जूनियर इंजिनियर का मकान था। उनका बेटा प्रफुल्ल भी अनुराग के साथ उसी हॉस्टल में था। दोनों साथ ही दिल्ली आते .जाते थे। अनुराग की कोठी से कुछ दूर मास्टर शर्मा जी का मकान था। उनकी बेटी शिप्रा वहीं के स्कूल की सातवीं कक्षा की छात्रा थी। उसे ड्राईंग व क्राफ्ट में अत्यंत रुचि थी।

अनुराग की एक छोटी बहन थी मानसी] जो अनुराग से छः वर्ष छोटी थी। अभी वहीं के स्कूल में पढ़ती थी। एक दिन मानसी खरगोश के पीछे दौड़ती-दौड़ती सड़क तक आ गई। सामने से आती कार पर उसने ध्यान न दिया। वह सड़क पार करने के

लिए जैसे ही बढी शिप्रा ने लपक कर उसे खींच लिया, कार घर्राती हुई निकल गई। एक दुर्घटना टल गई। शिप्रा स्वंय मानसी को उसकी कोठी तक छोड़ने गई। तभी मानसी की मम्मी से उसकी मुलाकात हुई। मम्मी ने शिप्रा को अंदर बुलाकर बैठाया, वह शिप्रा की सूझबूझ से बहुत प्रभावित हुई। बातों ही बातों में उन्होंने शिप्रा के शौक भी जान लिए। ड्राइंग और क्राफ्ट में शिप्रा की रूचि जानकर उन्हें अच्छा लगा। अगले दिन शिप्रा ने उन्हें अपनी बनाई हुई कई वस्तुएं दिखाई। मम्मी ने तारीफ की, शिप्रा को प्रोत्साहित किया। उस दिन से शिप्रा रोज ही मानसी के पास आने लगी। मानसी के पास चाबी से चलने वाले कई अच्छे-अच्छे खिलोने थे। अनुराग और प्रफुल्ल से भी उसकी जान पहचान हो गई। शिप्रा ने अनुराग को भी अपनी पेटिंग्स दिखाई। अनुराग ने अनमने भाव से देखा कुछ कहा नहीं। तभी कोई ओर बात चल निकली अतः शिप्रा ने इस बात का बुरा न माना।

दीपावली पर अनुराग घर आया, शिप्रा ने अपने हाथ से बनाकर 'दीपावली कार्ड' मानसी की मम्मी को दिया। कार्ड मम्मी और डैडी दोनों को बहुत पसंद आया लेकिन अनुराग को नहीं। उसे तो आरचीज के मंहगे वाले कार्ड ही पसंद आते थे। वह बनाने वाले की मेहनत नहीं वस्तु की कीमत देखता था।

जाड़ों की छुट्टियों में अनुराग पुनः घर आया। सब दोस्तों से मिला। शिप्रा से भी मिला। 31 दिसंबर को अनुराग का जन्म दिन था। तैयारियां होने लगी। 31 दिसंबर भी आ गया। जन्मदिन बड़ी धूमधाम से मनाया गया। बड़े-बड़े उपहार लेकर लोग आए। अनुराग के दोस्त अपनी गाड़ी से दिल्ली से आए थे। प्रफुल्ल ओर हेमन्त ने भी अच्छे उपहार दिए। शिप्रा ने अपने हाथ से बनाए हुए कागज व कपड़े के रंग-

बिरंगे फूलों का गुलदस्ता उपहार में दिया था। अनुराग की मम्मी के कहने पर शिप्रा ने डांस भी किया।

अगले दिन शाम को प्रफुल्ल अनुराग के पास आया और पूछा- ''कहो दोस्त] उपहार कैसे लगे?''

सब उपहार अच्छे थे बस शिप्रा ने बेगार टाल दी।

''तुम ठीक कहते हो यार, वह हर किसी को गिफ्ट में अपने हाथ से बनी हुई चीज ही देती है, मेरे जन्मदिन पर भी उसने एक मॉडल बनाकर दिया था।'' प्रफुल्ल ने कहा- ''उसे ड्राइंग और क्राफ्ट क्या आ गये सब पर लादती फिरती है।''

''यह भी कोई बात है, हुं।'' कहते ही अनुराग ने शिप्रा के दिए फूलों का गुच्छा उठाकर बरामदे में फेंक दिया, जो सामने से आ रही शिप्रा के पावो पर गिरा। शिप्रा ठगी सी रह गयी। उससे झुककर फूलों को उठाया भी न गया, उसकी आंखों में आंसू आ गये। लॉन में खड़े डैडी ने सब देख लिया था। वह लपक कर आये और कागज के फूलों का गुच्छा उठाते हुए बोले- ''तुम गलत समझ रही हो शिप्रा। अनुराग प्रफुल्ल को यह दिखा रहा था कि किसी वस्तु को कितनी दूर फेंक सकता है। उसकी यह गलती है कि उसने फैंकने के लिए फूलों के इस गुच्छे को चुना। फिर भी देखो, एक फूल भी नहीं निकला। कागज और कपड़े से बने यह सुंदर फूल ताजा फूलों से अच्छे हैं यह कभी मुरझाते नहीं, सदा तरोताजा रहते हैं तुम बच्चों की तरह।'' कह कर डैडी ने फूलों का गुच्छा अनुराग को पकड़ा दिया। अनुराग ने चुपचाप उसे फूलदान में लगा दिया।

''अनुराग, तुम्हें पता है आर्ट कम्पीशन में शिप्रा को प्रथम पुरस्कार मिला है। तुम्हारी मम्मी ने मुझे बताया था।'' डैडी ने कहा।

"अच्छा, बधाई हो शिप्रा तुमने बताया नहीं" अनुराग ने जैसे तैसे कहा।

"क्या बताती? तुम विश्वास नहीं करते?" शिप्रा ने कहा अनुराग से जबाव देते न बना। डैडी ही बोले- ये दोनों इधर-उधर की बातों में समय खराब करते रहते हैं। काम की बात इन्हें याद ही नहीं रहती। अब तुम सब लोग जाओ रसोई में। चंदू ने नाश्ता बना दिया होगा। मेज पर लगाओ, हम और तुम्हारी मम्मी अभी आते हैं।

तीनों ने मिलकर नाश्ता मेज पर लगाया, मम्मी डैडी भी आ गए। सबने एक साथ नाश्ता किया। शिप्रा और प्रफुल्ल अपने-अपने घर चले गए।

शाम को मम्मी-डैडी लॉन में बैठे थे अनुराग भी वहीं था। मम्मी ने कहा- "अनुराग किसी के लिए उपहार की कीमत मत आंको। उपहार देने वाले की भावना देखो। आज अगर डैड बात न संभालते तो शिप्रा को कितना दुख होता।"

"सॉरी मम्मी।" अनुराग ने अपनी गलती महसूस की।

उस दिन के बाद से अनुराग ने किसी उपहार का मजाक नहीं बनाया। उसने प्रफुल्ल को भी यही बात समझाई कि 'उपहार' में देने वाले की मेहनत और भावना देखते हैं, उपहार की कीमत नहीं।

साहसी लक्ष्मी

आज लक्ष्मी स्कूल से लौटी तो बहुत खुश थी।

''माँ! कहाँ हो? घर में नहीं हो क्या? तुम्हें पता है न मैं इस समय स्कूल से आती हूँ।''

''क्या हुआ? क्यों घर सिर पर उठा रखा है। अंदर वाले कमरे से बाहर बरामदे में आते हुए माँ बोली।

''क्या कर रही थी अंदर?''

''अलमारी के कपड़े ठीक रही रही।''

''क्या बात है? बड़ी खुश नजर आ रही है।'' माँ ने कहा।

''आज स्कूल में मैं लांग (Long Jump) में फर्स्ट आई हूँ। यह देखो ट्रॉफी। लक्ष्मी ने बैग से ट्राफी निकाल कर मां को दिखाई।

''शाबाश बेटी, तू मेरी होशियार बेटी है।'' माँ ने एक हाथ में ट्राफी पकड़ी दूसरे हाथ से बेटी को गले लगा लिया।

''तुझे खेलों में इतनी रुचि है यह जानकर मुझे बहुत अच्छा लगता है'' माँ पुनः बोली।

''माँ तुम्हारे प्रोत्साहन से इतना कर पाती हूँ।'' लक्ष्मी ने एक बार फिर माँ को गले लगा लिया।

''आ, हाथ मुंह, धोकर खाना खाले'' माँ ने कहा और लक्ष्मी हाथ मुंह धोने चली गई। लक्ष्मी कक्षा 7 में पढ़ती थी। खेलों में उसकी विशेष रुचि थी पर वह पढ़ने में भी होशियार थी।

''माँ, छोटू को मामा के घर से बुला लो। घर में सन्नाटा रहता है'' खाना खाते हुए लक्ष्मी ने कहा।

''हाँ बुला लेंगे, अब छुट्टियां भी खत्म हो गई हैं।''

‘‘आज ही उनके पड़ौस में फोन कर देंगे’’ लक्ष्मी ने कहा।

‘‘क्यों नहीं, अब फोन आ गया है। हमारे घर, संदेशा भेज सकते हैं।

छोटू, लक्ष्मी का छोटा भाई है जो आजकल अपने मामा के घर गया हुआ है। मामा जबरदस्ती कुछ दिनों के लिए उसे अपने घर ले गए। सभी का प्यारा है छोटू।

तभी फोन की घंटी बज उठी।

‘‘देख लक्ष्मी किसका फोन है?’’ माँ के कहते ही लक्ष्मी ने लपक कर फोन उठाया।

बात करते-करते लक्ष्मी बोली, ‘‘रुक रुक में पेन कागज लेकर आती हूँ।’’ भागकर लक्ष्मी कागज पेन लाई- ‘बोल गीता, हाँ हाँ लिख लिया, तू घबरा मत मैं दवाई लेकर पहुंचती हूँ।’’

‘‘क्या हुआ लक्ष्मी?’’ माँ ने पूछा।

‘‘माँ गीता के छोटे भाई का बुखार तेज हो गया है, उसकी मम्मी घर नहीं है। घराराहट में गीता के हाथ से दवाई की शीशी गिरकर टूट गई, उसके पास की केमिस्ट भी बंद हो गई है।’’

‘‘हमारे यहां का केमिस्ट भी बंद है दोपहर में’’ माँ ने कहा।

‘‘यहाँ की दुकान खुलने में तीन घंटे हैं। मैं बड़े वाले मेडिकल स्टोर से दवाई लेकर जाऊंगी, वह दोपहर में बंद नहीं होती।’’

‘‘वह तो दूर है दोपहर का समय है, अकेली कैसे आएगी।’’ माँ ने कहा।

‘‘मैं चली जाऊंगी माँ। उसके भाई को दवाई की सख्त जरूरत है, वह मेरी सहेली है। मुझे उसकी हैल्प करनी चाहिए।’’ लक्ष्मी जूते पहनते हुए बोली ओर घर से निकल गई।

दोपहर का समय था, सड़कें सुनसान थीं कोई रिक्शा भी दिखाई नहीं दिया। लक्ष्मी तेज कदमों से सड़क पर चलने लगी। तभी एक साइकिल उसके पास आकर रुकी, साइकिल सवार ने पूछा ''बेबी तुम्हें कहाँ जाना है?''

''मैं दवाई लेने जा रही हूँ।'' लक्ष्मी ने कहा।

''मैं तुम्हें जल्दी ही दवाई की दुकान पर पहुंचा दूंगा, आओ साइकिल पर बैठो।''

लक्ष्मी सोचने लगी, तो साइकिल सवार बोला ''सोचने में समय मत खराब करो। जल्दी दवाई लो, जहाँ कहोगी तुम्हें छोड़ दूंगा।''

अपनी सहेली गीता के भाई के बुखार का ख्याल करते ही लक्ष्मी पीछे साइकिल पर बैठ गई।

कुछ दूर चलने के बाद साइकिल एक अधबनी कोठी की तरफ मुड़ी आस पास के प्लाट भी खाली पड़े थे।

''यह कहाँ जा रहे हो?'' लक्ष्मी ने पूछा।

''मेरा एक साथी यहां रहता है, उसकी तबियत भी ठीक नहीं है। पूछता चलूं उसे कोई दबा तो नहीं मंगानी।'' साइकिल सवार बोला।

पर लक्ष्मी को वहाँ कोई आदमी दिखाई नहीं दिया। वह बोली- ''तुम्हारा साथी तो यहाँ नहीं है।''

''शायद दवाई लेने चला गया है।'' कहकर उस आदमी ने लक्ष्मी का हाथ पकड़कर अपनी तरफ खींचा, लक्ष्मी एक सेकेण्ड में उसकी नीयत भांप गई और हाथापाई करने लगी। लक्ष्मी ने उस आदमी से अपना हाथ छुड़ाया और एक पल बरवाद किए बिना उसने मुट्ठी भर रेत उस आदमी की आँखों में डाल दी। फिर वह फुर्ती से छत्त पर गई और नीचे पड़े रेत के ढेर पर कूद गई। सरपट सड़क पर 'बचाओ' 'बचाओ' कहती हुई भागी।

इत्तफाक से सामने से एक सिपाही आ रहा था, वह रूका। हाँफते हुए लक्ष्मी ने उसे सारी बात बताई। तब तक दो-तीन अन्य लोग भी वहाँ आ गए। सिपाही ने अपनी साइकिल से उस बदमाश का पीछा किया पर वह उसकी पकड़ में नहीं आया।

सिपाही ने लक्ष्मी को दवाई दिलवाई और उसकी सहेली के घर पहुंचाया। तुरंत लक्ष्मी ने गीता के भाई को दवाई दी।

शाम को वह सिपाही लक्ष्मी के घर आया। उसने लक्ष्मी की मां से कहा- 'आपकी लड़की बहुत हिम्मत वाली है, हमने दो बदमाशों को पकड़ा है। लक्ष्मी क्या तुम उस बदमाश को पहचान सकती हो?''

''जी, हाँ'' लक्ष्मी ने निडरता से जवाब दिया।

''नहीं साहब, हम किसी लफड़े में नहीं पड़ना चाहते।'' लक्ष्मी के पिता ने घर में आते ही कहा।

''आप कैसी बात कर रहे हैं साहब, आप अपनी बेटी का साहस तो देखो।''

''हम मामूली आदमी हैं किसी लफड़े में नहीं पड़ना चाहते।'' माँ ने भी पिता की हाँ में हाँ मिलाई।

''कोई झंझट नहीं होगा। भाई साहब, जब हम कहेंगे आप अपनी लड़की को लेकर आ जाना।'' कहकर सिपाही चला गया।

माँ लक्ष्मी पर नाराज होने लगी।

''तू किसी बात से नहीं डरती, तेरा नाम लक्ष्मी नहीं लक्ष्मीबाई होना चाहिए था।''

''लक्ष्मी वाई भी बन जाऊंगी माँ ज्यादा मत सोचो।''

लक्ष्मी ने बदमाश को पहचान लिया, उसका एक साथी भी पकड़ा गया। दोनों बदमाश किसी दूसरे जिले से आए थे। यहाँ आकर छोटी मोटी चोरी व चेन खींचना आदि करने लगे। लक्ष्मी को अकेला देखकर उसके मन में पाप आ गया।

साहस और सूझबूझ के लिए उस इलाके के पुलिस अफसर ने लक्ष्मी को प्रशस्ति पत्र तथा धनराशि देकर पुरस्कृत किया। अगले दिन अखबार में लक्ष्मी की फोटो छपी। लोग लक्ष्मी और उसके माता. पिता को बधाई देने घर आ रहे थे।

दादी को भा गई रुखसाना

गोपाल एक लड़की का हाथ पकड़े भागा हुआ आ रहा था। घर के दरवाजे पर आकर ही रुका। दोनों बुरी तरह हांफ रहे थे। लड़की का हाल गोपाल से भी बुरा था। गालों पर आंसुओं की लकीरें थीं, एक गाल पर धूल लगी थी, लगता था कहीं गिरी है, घुटना भी छिल गया था। दोनों कभी भी हांफ रहे थे, तभी कुछ और बच्चे भागते हुए आते दिखायी दिये। किसी का बस्ता छूट गया था किसी के जूते। इन चीजों का होश किसे था।

गोपाल के घर में घुसने से पहले ही मां बाहर आ गयी, घबराई हुई बोली- 'आ गया बेटे! मुझे अभी-अभी पिछवाड़े वाली मदन की मां ने बताया कि दंगा.फसाद हो गया है। मेरा जी बहुत घबरा रहा था।' उसी क्षण मां की निगाह लड़की पर पड़ी।

'अरे ये लड़की कौन है?' तपाक से मां ने पूछा।

'अंदर चलो बताता हूं।' कहकर गोपाल लड़की का हाथ पकड़े घर के अंदर आ गया, लड़की आंखों में आंसू बह चले।

'बता न बेटे, ये लड़की कौन है?'

'यह रुखसाना है मां, मेरे स्कूल में पढ़ती है।'

'यह तो......'

'इसका घर वहीं है मां, जहां से दंगे शुरू हुए। खबर मिलते ही स्कूल में अफरातफरी मच गयी, मास्टर जी की किसी ने न सुनीं।'

'रुखसाना घर कैसे जाती। ये रोने लगी, मैं इसे अपने घर ले आया।'

'अब इसे घर कैसे पहुंचाया जाएगा? मां के चेहरे पर चिंता थी।

'अभी सोचते हैं।'

'तेरी दादी को पता चलेगा तो......'

'कहां हैं वह?'

'पिछवाड़े बैठी हैं।'

अभी उनसे कुछ मत कहना मैं समझा दूंगा।

गोपाल की बात सुनकर मां पिछवाड़े जाकर बैठी ही थी कि उसे अपने बड़े बेटे कमल का ध्यान आया, घबराई सी गोपाल के पास आयी. 'कमल कैसे आएगा गोपाल?'

'आ जाएगा मां, उसके साथ और भी कई लड़के आते हैं।' गोपाल के समझाने पर भी मां को चैन नहीं आ रहा था। इस लड़की के घर में आने से उसकी चिंता और बढ़ गयी थी। मां कभी अंदर जाती कभी बाहर आती। गली में चहल-पहल बढ़ गयी थी। सभी के चेहरों पर घबराहट थी, जितने मुंह उतनी बातें।

रुखसाना अभी भी उदास बैठी थी। गोपाल ने चाय बनायी, एक प्लेट में बिस्कुट और चाय, उसके सामने ले गया- 'चाय पिओ रुखसाना,' 'मैं घर जाऊंगी। मुझे घर पहुँचा दो गोपाल' कहकर रुखसाना रोने लगी।

'पहले चाय पी लो, उसके बाद सड़क पर देखकर आऊंगा क्या हाल है।

दोनों चाय पीने लगे।

गोपाल गली के नुक्कड़ तक गया। अजब हाल था। पुलिस कर्फ्यू का ऐलान कर रही थी, सड़क के उस पार से नारों की आवाजें आ रही

थीं। कभी-कभी पत्थर भी फेंके जा रहे थे। पुलिस ने लोगों को चेतावनी दी, हवा में गोलियां चलायीं। गोपाल दबे पांव वापस आ गया। मोहल्ले के पिछले रास्ते से छिपते-छिपाते पिता ओर भाई कमल भी घर आ गये थे। पिता ने गोपाल पर नीचे से ऊपर तक एक निगाह डाली। गोपाल बिना कुछ कहे अंदर चला गया।

रुखसाना कमरे के कोने में पड़ी तिपाई पर चुपचाप बैठी थी। गोपाल ने उसे सड़क के माहौल के बारे में बताया। रुखसाना का चेहरा उतर गया। हिम्मत रखो रुखसाना, कोई और उपाय सोचते हैं। गोपाल ने इतना ही कहा था कि दादी उसे अपनी तरफ आती दिखायी दीं। गोपाल उनकी तरफ लपका और उन्हें बराबर वाले कमरे में ले गया, इधर-उधर की बातें करने लगा, तभी पड़ोस की काकी आ गयी। गोपाल को काटो तो खून नहीं- 'यह तो चलता फिरता अखबार है।' उसी क्षण गोपाल ने एक तरकीब सोची। उसने काकी से कहा- 'काकी पिछली गली के रघुवीर चाचा के मकान के सामने लोग जुड़े हैं, जाकर पता लगाओ क्या बात है?' काकी उल्टे पांव ही उधर चल दी। गोपाल ने चैन की सांस ली। दादी मां, पिताजी, काकी इन लोगों के दिमाग में हिन्दू.मुसलमान और लड़का-लड़की का इतना भेदभाव क्यों है? गोपाल समझ नहीं पा रहा था।

रुखसाना के घर का फोन खराब था। गोपाल का दिमाग रुखसाना के घर खबर पहुंचाने की उधेड़ बुन में लगा था। उसे मस्जिद के पीछे खददर की दुकान करने वाले हाजी जी का ध्यान आया। उसने सुना था हाजी जी नेक इंसान हैं, सबकी मदद करते हैं। वह रहते भी मस्जिद के पास ही हैं।

कैसे भी हो मैं उसके अब्बा को उसकी खैरियत की खबर पहुंचाऊंगा।' कहकर गोपाल घर से निकल गया। 'बेटा सुन तो गोपू सुन तो' दादी और पिताजी कहते ही रह गये।

'इस लड़के का दिमाग घर भर से अलग है' पिता बोले।

'अरे जाकर देख उसे, माहौल खराब है, पता नहीं कहां गया है। यह लड़की एक नयी मुसीबत बन गयी।' दादी के कहने पर पिता गोपाल की तलाश में घर से निकल पड़े।

गोपाल भाग रहा था पर चौकन्ना था, इधर-उधर देख लेता था। वह गलियों में होकर जा रहा था। मस्जिद के पास पहुंचने ही वाला था कि एक पत्थर उसके सिर में आकर लगा, खून बहने लगा, तुरन्त चार पांच लड़कों ने उसे घेर लिया। गोपाल घबरा गया, उसका चेहरा फक्क पड़ गया। उन सभी लड़कों के सिर पर खून सवार था। 'मारो साले को' की आवाज के साथ एक लड़के ने डंडा ऊपर उठाया ही था कि 'ठहरो' एक भारी भरकम आवाज आयी उस लड़के का हाथ और डंडा वहीं रुक गया।

'नादानों! यह तुम क्या कर रहे हो? एक बेकसूर बच्चे की जान लेना चाहते हो, क्योंकि वह हिन्दू है। बड़े शर्म की बात है। तुम जैसे लोग ही धर्म को बदनाम करते हैं।' कहते हुए हाजी जी उन लड़कों के पास आ गये थे। लड़के एक तरफ हो गये। गोपाल की जान में जान आयी। अरे तुम्हारे सिर से खून बह रहा है, आओ पटटी बांध दूं।

गोपाल हाजी जी के पीछे चलने लगा, 'तुम ऐसे माहौल में यहां क्यों आये?' हाजी जी ने अपनी दुकान पर पहुंचते ही पूछा।

'मुझे आपसे जरूरी काम था।' गोपाल ने कहा।

'मुझसे?' हाजी जी चौंके। गोपाल ने उन्हें सारी बात बता दी।

'शाबाश। बरखुरदार (बेटे) मुझे तुम पर फक्र (गर्व) है। हाजी जी ने गोपाल के सिर पर पट्टी बांधते हुए कहा।

'आप मेरी सहायता करेंगे न' गोपाल के पूछने पर हाजी जी चुप रहे। गोपाल के चेहरे पर फिर चिंता आ गयी, उसने दबी आवाज में पूछा. 'क्या सोच रहे हैं आप?'

'मैं सोच रहा हूँ, रुखसाना को यहीं ले आएं।' हाजी जी ने अपनी दाढ़ी खुजलाते हुए कहा। 'गोपाल बेटे, तेरे सिर पर चोट कैसे लगी? तू ठीक तो है न।' हांफती हुई आवाज में उसके पिता ने पूछा।

'मैं ठीक हूं, हाजी जी ने मुझे बचा लिया।'

आपका लड़का बहुत हिम्मत वाला है। नेक ख्याल है, यह सही मायनों में अच्छा इंसान बनेगा। हाजी ने गोपाल के पिता को अपने पास बिठाते हुए कहा।

'दुआ है आपकी' गोपाल के पिता ने इतना ही कहा। 'हम सोच रहे हैं रुखसाना को यहीं ले आएं।' हाजी जी ने गोपाल के पिता से कहा।

'क्या आपको हम पर विश्वास नहीं। रुखसाना मेरी बेटी की तरह है, उसके अब्बाजान उसे हमारे घर से ही ले जाएंगे। आप उन्हें खबर करने में हमारी मदद कीजिए, गोपाल के पिता ने कहा, गोपाल का चेहरा खिल गया।

'खबर कर दी है आप बेफिकरी से घर जाइए।'

गोपाल पिता के साथ घर आ गया।

उसने देखा, दादी रुखसाना को खाना खिला रहीं थीं, उसके आश्चर्य का ठिकाना न रहा। ऐसे मुंह फाड़े क्या देख रहा है? क्या यह हमारी कोई नहीं लगती।' दादी का इतना कहना था कि गोपाल ने खुशी से

अपनी दोनों बाहें उनके गले में ढाल दीं। गोपाल ने रुखसाना को सारी बातें बतायीं, रुखसाना को तसल्ली हुई, उसने ठीक से खाना खाया।

रात होने से पहले ही एक कार गोपाल के घर के सामने आकर रुकी उसमें से हाजी जी, रुखसाना के अब्बा और उनके एक दोस्त उतरे।

हाजी जी ने उन्हें गोपाल से मिलवाया, रुखसाना लपक कर अपने अब्बा के पास जाकर खड़ी हो गयी। 'गोपाल बेटे हम तुम्हारा यह अहसान जिंदगी भर नहीं उतार सकते।' रुखसाना के अब्बा ने गोपाल को शाबासी देते हुए कहा।

'यह अहसान नहीं, मेरा कर्त्तव्य था।'

'काश! सभी की सोच ऐसी हो जाए।'

अब्बा ने हाथ उठाकर दुआ मांगते हुए कहा।

रुखसाना जाने लगी तो दादी ने उसके हाथ में इक्यावन रुपये रखे और कहा- 'तू हमारे घर पहली बार आयी है न, हम बेटी को खाली नहीं भेजते।' दादी ने रुखसाना को प्यार किया।

यहां हिन्दू-मुसलमान कुछ नहीं था, केवल इंसानियत थी, अपनापन था।

रुखसाना के जाने के बाद घर में खालीपन सा लगा, पर गोपाल के चेहरे पर संतोष भरी खुशी थी।

श्रीमती विमला रस्तोगी

s	शिक्षा - एम.ए. हिंदी एवम् अर्थशास्त्र

s	गत पांच दशकों से अधिक से विविध विधाओं में लेखन, विशेष रूप से बाल साहित्य लेखन।

s	राष्ट्रीय स्तर की सभी पत्र पत्रिकाओं में नियमित रुप से कहानियां, कविताएं, लेख एवम् नाटक प्रकाशित।

s	10 पुस्तकें प्रकाशित एवं बाल कविताएं एवम् नाटक पाठ्य पुस्तकों में संग्रहित।

s	सन् 1970 से आकाशवाणी व दूरदर्शन लखनऊ व दिल्ली से नियमित रूप से कहानी, नाटक एवम् वार्ताएं प्रसारित।

s	उ.प्र. हिंदी संस्थान, लखनऊ द्वारा सन् 2021 के 'सुभद्रा कुमारी चाहान बाल साहित्य पुरस्कार' सहित 15 संस्थाओं द्वारा सम्मानित एवम् पुरस्कृत।

s	आपरेशन ब्लैक बोर्ड, म.प्र.सरकार में एक पुस्तक चयनित।

s	हिन्दी दिवस की 50 वीं सालगिरह के अवसर पर हिन्दी साहित्य सम्मेलन, प्रयाग में पेपर पढ़ा।

s	राष्ट्रीय बाल भवन, दिल्ली, के सेमिनारों में पेपर वाचन।

s	एन.सी.ई.आर.टी. और सी.आई.ई.टी की कार्यशालाओं में रचनात्मक लेखन के लिए निरन्तर भागेदारी ।

s	पूर्व महिला मन्त्री अ.भा.वैश्य महासम्मेलन, दिल्ली ।

s	पूर्व राष्ट्रीय मन्त्री , अ.भा.सू.व. महासभा, दिल्ली।

s	पूर्व अध्यक्ष- रस्तोगी महिला मण्डल दिल्ली

s	प्रसिद्ध साहित्यकार मनोहर श्याम जोशी के साथ सह लेखन कार्य किया।

s	जर्मनी, फ्रांस, वेनिस, नीदरलैण्ड, स्विटजरलैण्ड, संघाई, बीजिंग एवं लंदन आदि देशों की यात्राएँ कीं।

s	सम्पर्क आयाम 127.,गगनविहार, दिल्ली-51

s	मो.-9811298893

s	ईमेल-vimal.shivi.kirti@gmail.com